U0037614

人就這麼一輩子

◉劉墉著

人就這麼一輩子，你可以積極地把握它；
也可以淡然地面對它。
看不開時想想它，以求釋然吧！
精神頹廢時想想它，以求振作吧！
憤怒時想想它，以求平息吧！
不滿時想想它，以求感恩吧！

【前言】

螢窗寄小語

一九九八年秋，我應邀到昆明的一所大學演講，那禮堂出奇地大，由於擠進了三四千人，有人站著、有人坐著，還有些人掛在窗台上，只見台下像是高低起伏的小丘陵，但是就在這小丘陵間，舉著幾個大大的牌子，上面寫著——

「螢窗寄小語」

演講結束，我問學生「你們怎麼會想到舉那些牌子啊？」

「為了讓你知道，我們都喜歡你的《螢窗小語》。」

學生的話讓我一驚，發覺自己在台灣已經絕版近十五年的書，居然在大陸有這麼大的影響力。

◉

台灣的朋友聽我這麼說，大概不太了解，因為我的《螢窗小語選

萤
窗
寄
小
語

集》直到今天還在發行，怎能說絕版十五年了呢？

這麼問的讀者，大概都是二十五歲以下的朋友，只知我把《螢窗小語》一二三集合訂成一本選集，卻不知在那三本之後，還有四五六七集的存在。

當然這也要怪我，由於這十五年來，每年已經出了不少新書，所以一直未把螢窗小語後面幾集再版。但是在大陸，因爲《螢窗小語》前三集改名爲《心靈的四季》，後四本維持《螢窗小語》的原名。所以提到「螢窗」，大家反而想到的都是台灣早已絕版的四本較後面的作品。

◉

說是「較後面」，實在它們還是我早期的散文，我在大學畢業後的第一年，寫成《螢窗小語第一集》，其後每年一本，算來正好在三十歲，完成七本作品。

可以說《螢窗小語》不但是我早期的成名作，也是影響我一生的書，因爲它的暢銷，鼓勵我繼續寫作，終於成爲專業作家；也因爲它爲我賺進不少版稅，使我能早早還清房屋貸款，並辭去中視的工作，到美國留學。

更重要的是，因爲《螢窗小語》前三集都是我主持電視節目《分秒必爭》的開場白，每篇都很簡短，使我能從短文開始鍛鍊，並在後來不再受限於「開場白」時，漸漸把文章擴大。

所以《螢窗小語》七本書，很像階梯叢書，由淺而深，就寫作而言，後四本遠比前三集來得自由，內容也更深入。

◉

自從在昆明演講，我就常想著將這四本書在台重新出版，只是因爲時間有限，又覺得重新推出不能不作全新的校訂與編排，所以一拖又是四年，直到二〇〇二年的秋天才能把第四集完成改版。

重讀《螢窗小語四五六七集》，像是重溫我二十多歲的情懷，看得出那時在大學教「詩社」的我，多麼喜歡用排比的對句和引經據典；也看得出因爲我畫國畫，所以加入了許多畫論；更見得出那個時代，仍然是相當不開放的，文章都要爲讀者作結論，才覺得言之有物。

凡此，在校訂時，我都作了大幅的修正，刪去許多過時的文章，改寫了一些較死板的東西，省略了許多結論，並加進十八篇未曾發表的早期作品。

當然我還是儘量保持了原有的風格，因爲二十歲有二十歲的筆法與心靈，我今天模仿不來，更不能否定。我甚至想，自己當時寫作的年齡，與學生讀者非常接近，正是《螢窗小語》能打動年輕朋友的原因。所以即使有些文章，用我今天的眼睛看來有些稚嫩，仍然予以保留。

◉

《螢窗小語四五六七集》仍將分爲四本陸續推出，並由每本書中取一篇文章的標題作書名。這本書中的〈人就這麼一輩子〉，在過去二十多年來常被朋友提起，我今天讀起來也依舊感動，發現那仍然是我的人生態度。

文章無所謂新舊，無論時代怎麼變遷，總有許多不變的東西，在我們心底流動，由十八歲到八十歲。

希望您讀完這本書，也能有這樣的感覺。

目錄

世間的勞苦愁煩、恩恩怨怨，如有不能化解、不能消受的，
不也馱過這短短幾十年就煙消雲散了嗎？
若是如此，又有什麼好解不開的呢？

人就這麼一輩子

我常以「人就這麼一輩子」這句話來告誡自己並勸說朋友。這七個字，說來容易、聽來簡單，想起來卻很深沉；它能使我在懦弱時變得勇敢，驕矜時變得謙虛，頹廢時變得積極，痛苦時變得歡愉，對任何事拿得起也放得下，所以我稱它為「當頭棒喝」、「七字箴言」。

◉

人不就這麼一輩子嗎？生不帶來、死不帶去的一輩子，春發、夏榮、秋收、冬藏，看來像是一年四季般短暫的一輩子。每當我為俗務勞形的時刻，想到這七個字，便憶起李白春夜宴桃李園記中「天地者，萬物之逆旅；光陰者，百代之過客。浮生若夢，為歡幾何？」的句子；而在哀時光之須臾，感萬物之行休中，把週遭的俗事拋開，將眼前的爭逐看淡。我常想，世間的勞苦愁煩、恩恩怨怨，如有不能化解

、不能消受的，不也馱過這短短幾十年就煙消雲散了嗎？若是如此，又有什麼好解不開的呢？

◉

人不就這麼一輩子嗎？短短數十寒暑，剛起跑便到達終點的一輩子；今天過去，明天還不知道屬不屬於自己的一輩子；此刻過去便再也追不回的一輩子；白了的頭髮便再難黑起來，脫了的成齒便再難生出來，錯了的事便已經錯了，傷了的心便再難康復的一輩子；一個不容我們從頭再活一次，即使再往回過一天、過一分、過一秒的一輩子。想到這兒，我便不得不隨著東坡而歎：「寄蜉蝣於天地，渺滄海之一粟。」我便不得不隨陳子昂而哭：「前不見古人，後不見來者，念天地之悠悠，獨愴然而泣下。」我便不得不努力抓住眼前的每一刻、每一瞬，以我渺小的生命、有限的時間，多看看這美好的世界，多留些生命的足跡。

◉

人就這麼一輩子，你可以積極地把握它，也可以淡然地面對它。看不開時想想它，以求釋然吧！精神頹廢時想想它，以求振作吧！憤怒時想想它，以求平息吧！不滿時想想它，以求感恩吧！因爲不管怎麼樣，你總很幸運地擁有這一輩子，你總不能白來這一遭啊！

書不能由別人幫你讀，朋友不能由旁人為你交。

讀書如交友

讀書就像交朋友，有些書略略翻過即可，是點頭之交；有些書必須精讀細讀，是知心至交；又有些書得再三玩味、十分迷醉，如情人愛侶。

總之，書不能由別人幫你讀，朋友不能由旁人爲你交，只有自己認識的朋友，一朝重逢，才能有許多驚喜；困境相遇，才能得許多助益。

為善不求福報，福報自來；讀書不為功名，功名自至。

知福與知禍

「惜福」先要「知福」；「知福」先要「知禍」。人不知禍的滋味，如何識得福的相貌？人在福中而不自知，如何知道惜福？

爲善不求福報，福報自來；

讀書不爲功名，功名自至。

上一代的橋毀了，這一代的橋築了；
這一代的橋朽了，下一代的橋又跟上了。

橋

在你一生當中，必定走過不少橋吧！它們有木架的、石造的、混凝土築的，也有鋼鐵構成的，它們的功用都一樣，使你踏著它，走到河的彼岸。它們都默默地，臥在潺潺的流水之上。

有河的地方，就常有橋。當人們不耐於長久的舟楫，便架了木橋；當木橋朽壞時，便改爲石橋；當石橋頹圮了，又築混凝土橋；混凝土裂了，再改成鐵橋，至於以後，又將有更新的結構。所以同樣是一座橋，千百年前跟千百年後，幾經更替，橋的樣式與材料也將改變，唯一不變的是：「它是一座橋」。一座讓我們走，連起兩岸、縮短距離的橋。

人就是橋。從知識未開的遠古，到科學昌明的現代；從短暫易朽的獨木橋，到堅固耐久的鐵橋；自貢獻微薄的小民，到影響深遠的哲人，我們都在扮演橋的角色。上一代的橋毀了，這一代的橋築了；這一代的橋朽了，下一代的橋又跟上了。只要人存在一天，便不能沒有橋，千年萬載，人們就這樣將歷史文化的種子傳遞下去。

◉

時代是洪流，我們就是架在其上的一座橋。我們走前人的橋到對岸，又築起我們的橋給下一代通過。我們知道：不論木、石、混凝土、鋼鐵，或更新的材料，沒有永遠不朽的橋。我們也知道：在這時代的洪流上，永遠會有一座生命、歷史、文化、藝術、心靈的橋。

已經站在百尺竿頭，還能不小心嗎？

百尺竿頭

某日，我在路上遇見一位事業非常得意的老朋友。

「我最近到廟裏去求了一支籤。」朋友說。

「你現在正是一帆風順，想必籤也不差，一定是上上大吉吧？」我問。

「差是不差，但是寫得很妙。」他說：「其中最後兩句話是『百尺竿頭，不可不愼。』我怎麼也想不通。」

我覺得有點好笑地拍了拍他的肩膀：「老兄，你怎麼連這個都不懂呢？『百尺竿頭』，當然是鼓勵你『更進一步』哇！」

「當時我也這麼想，可是等我請教了解籤人之後，才了解其中的道理，並不是『更進一步』。」

「他怎麼講呢？」

「他說百尺竿頭原是勸學佛的人，功行將修到頂峰時，當更進一步，才能有成。但是這其中又有更深一層的意思。你想想，自己已經站在百尺竿頭，還能不小心嗎？所以這更進一步的意思，不是抓取有形的功利，而是勸人謙虛、行善、收斂氣焰、充實學養，把握已獲得的一切，慎重地涵養光大。所以我抽到的那籤上說：『百尺竿頭，不可不慎』！」

我們無法為生發言，因為發言時我們已被生了下來，
我們也無法為死流淚，因為再抗議，還是要死。

生與死

生與死有什麼不同呢？當我們被生下來的時候，高興的不是自己，而是我們的父母、親人；當我們死了之後，痛哭的也不是自己，而是我們的子女、親屬。我們不爲生而高興，因爲那時不知道高興；我們也不爲死而痛哭，因爲死後已沒有感覺。我們無法爲生發言，因爲發言時我們已被生了下來，不論被生在富裕或貧賤的家庭，被生爲白、黃或棕、黑的種族，我們都沒有資格決定；我們也無法爲死流淚，因爲再抗議，還是要死，不論聖賢愚劣、偉人凡夫，我們總得交出自己的生命。

我們以自己的啼聲開始了旅程，又在親友的哭聲中結束了人生。

我們離開母體而生，又離開世界而死；我們被一把推上人生的舞台，

又被一把扯了下去。似乎生與死這兩件人生最大的事，我們一點干涉的權力都沒有。

幸而在這當中，我們還能有些作爲，使自己平凡地生，卻能偉大地死；在母親一人的陣痛中墜地，卻能在千萬人的哀慟中辭世。

再三地燃燒自己以求塑造，再三地淬礪自己以求鋒利。

鑄劍

你看過鑄劍嗎？燒得通紅的鋼條，從爐裏鉗出，置於鐵砧上用力地錘打；投入涼水，讓它冷卻，又重新放進爐中。就這樣一遍又一遍，直到它成爲百煉的精鋼，削鐵如泥的利器。

鋼鐵就像人，受的鍛燒愈深，它的力量愈韌；受的淬浸愈冷，它的意志愈堅；受的磨礪愈細，它的鋒刃愈利。所以同樣是平凡的鐵砂，經過不同的冶煉，有的成爲生鐵，鑄造笨重的器物；有的成爲鍛鐵，製造精密的儀表；有的成爲鋼鐵，塑造刀劍與槍砲。

「再三地燃燒自己以求塑造，再三地淬礪自己以求鋒利。」能這樣的鐵砂，就能成鋼；能這樣的凡夫，就能成偉人。

原來這世上什麼東西都有一定的限度，
生長有限度、生死有限度、能力有限度。

限度

「奇怪！樹為什麼都長到一定的高度，就再也長不高了呢？」

「幸虧它們不會一直長，否則每棵樹都長到幾百公尺，遮蔽在上面，我們就沒有陽光了。」

「奇怪！人為什麼也長到差不多的高度，就再也長不高了呢？」

「幸虧人不會一直長，否則屋子不知要蓋多大、食糧不知要消耗多少、土地又如何夠用？」

「奇怪！小動物為什麼也都有牠的限度，怎麼餵，都再也不會變大呢？」

「幸虧小動物不會一直長大，否則貓變成老虎，我們反而會被牠吃掉。」

原來這世上什麼東西都有一定的限度，生長有限度、生死有限度、能力有限度。這限度，使萬物能各守本份，各司其職；這限度也使我們能新陳代謝、世代交替。

要想特立獨行容易，欲求包容化育困難；
要想清新脫俗容易，欲求敦厚含蓄困難；

清華與古厚

近代國畫大師溥心畬曾說：「畫山不難於巍峨，而難於博大；不難於清華，而難於古厚。」意思是畫山求突兀峥嶸的姿態容易，求連綿迴環的體勢困難；求秀麗明媚容易，求古樸渾厚困難。

這句話講得眞是太好了，我覺得它不但可以形容繪畫，更可以比喻做人——要想特立獨行容易，欲求包容化育困難；要想清新脫俗容易，欲求敦厚含蓄困難；要想嶔崟磊落容易，欲求德澤廣被困難；要想孤高雅潔容易，欲求蘊藉拙樸困難。

作畫與做人，不是相通的嗎？

且看看你周圍的海洋，它們占地球面積的四分之三，
也就有四分之三的土地在那下面。

崇高的卑微

有一個很小、很小的島，自慚形穢地向上帝訴苦：「上帝啊！您為什麼讓我生得這麼渺小可憐呢？放眼世界，幾乎任何一塊土地都比我來得高，別人總是巍然而立，高高在上，甚至聳入雲端，顯得那麼壯觀偉大，我卻孤零零地臥在海面，退潮時高不了好多，漲潮時還要擔心被淹沒。請您將我提拔成喜馬拉雅山，否則就將我毀滅吧！因為我實在不願意這樣可憐地活下去了。」

上帝笑笑：「且看看你周圍的海洋，它們占地球面積的四分之三，也就有四分之三的土地在那下面，它們吸不到一點新鮮的空氣，見不到多少和煦的陽光，尚且不說話，你又為什麼要抱怨呢？」

小島突然汗如雨下：「請饒恕我的愚蠢，維持我崇高的卑微吧！感謝上帝，我已經太滿足了！」

讓我們家中的爐火，溫暖每顆寒冷的心；
讓我們階前的燈，照亮每個夜歸人的路。

玉蘭花

在我星期四的繪畫班中，有個學生每次上課總要帶許多玉蘭花分給同學，所以一到星期四就變得馨香滿室。我曾經好奇地問她：「妳哪兒來這麼多玉蘭花啊？」

「我從家裏樹上摘的。」

「每次去摘不是很麻煩嗎？」我問。

「麻煩也值得。」她笑著說：「這是祖母教我們做的。每年到這個季節，我家的樹上就開滿了玉蘭花，朋友來訪，總是一進門就讚不絕口，說是濃郁極了，可是我們整天接近，反倒久而不覺其香。有一天祖母突然對大家宣佈：『以後每個人出去，只要樹上開有玉蘭，就摘一些送朋友。』當時大家都反對：『為什麼不自己留著？』可是祖母說：『花總要謝的，自己有的太多，反不覺得芬芳，何不拿去送給沒有花的人，讓我們庭院的馨香散佈在每個朋友的身旁呢？』從此全家人就都這樣做，它使我們結交了很多朋友，樹上的花似乎也開得比以前更盛了！」

學生的這番話，眞是令我感慨不已；有些東西我們擁有得過多，反而不感覺它的美好，何不將它分給那些需要的人呢？

讓我們小小庭院的芬芳，散發在每個人的身邊；讓我們狹窄的快樂，擴展到社會的每個角落；讓我們家中的爐火，溫暖每顆寒冷的心；讓我們階前的燈，照亮每個夜歸人的路；讓我們從別人的笑臉上，看到自己的笑吧！

正因為虛之後有盈，所以充滿希望；
正因為盈之後有虛，所以知道滿足。

盈與虛

月有陰晴圓缺，人有分合死生，命有否泰變化，年有四季更替；只要你細細觀察，便會發現，他們看似無常，卻是有常；看似殘破，卻是完滿；看似動盪，實則靜止。它們千年萬載總脫不開盈與虛、死與生、否與泰、寒與暖、消與長、日與夜、合與分、得意與失意、繁榮與凋零的更換。

所以熬盡長夜，便能見到黎明；飽受痛苦，便能擁有快樂；耐過殘冬，便無需蟄伏；落盡寒梅，便能企盼新春。

所以餘霞展現，便知夜幕將垂；榮華享盡，便知凋零已至；繁花似錦，便待落英繽紛；月明如晝，便知桂魄將殘。❶

◉

所以，念高危，便當思謙沖而自牧；懼滿溢，便當思江海而下百川；享富貴，便當施捨貧窮；掌權勢，便當矜恤黎庶。

正因爲虛之後有盈，所以充滿希望；正因爲盈之後有虛，所以知道滿足；正因爲此虛而彼盈，所以宇宙能均衡；正因爲此死而彼生，所以萬物能延續。

宇宙之道，不過盈虛而已。

❶桂魄，謂月也。蘇軾中秋詞：「桂魄飛來光射處，冷浸一天秋色。」

把握時間哪！不要出錯啊！

打更

如果你不曾親眼目睹，想必在電影裏也見過，那舊時夜間的「打更者」。他們拿著梆子和鑼，一邊敲打著報時，一面反覆地說：「夜深了！小心火燭！謹防盜賊！」那低沉的聲音，迴盪在寂靜的長廊小巷，有一種特殊的味道。

「大家都入夢了，有幾個人聽打更的聲音呢？」打更者心裏明白。但是他仍然一年四季，冒著風雨霜雪，走過長長的巷弄，一遍又一遍地提醒人們：「夜深了！小心火燭！」一遍又一遍地告訴大家：「新的時辰來了！現在是×更天了！」

◉

隨著時代的進步，打更已成爲過去的事，但我們在繁忙的生活當中，在昏沉而容易疏忽的時刻，仍然多麼需要一位警醒我們的人，不厭其煩地告訴我們：「把握時間哪！不要出錯啊！」

如果沒有那麼一個人，我們是不是在心靈的巷弄中，也該有一位「打更者」，隨時自我提示、自我反省？

可以用濃墨，但不能遲鈍；可以用淡墨，但不能模糊；
可以用焦墨，但不能浮躁。

墨

研習中國書畫，不單「運筆」變化多端，「用墨」也是門大學問。就選墨而言，墨有松煙、油煙之分；松煙古厚，油煙姿媚；前者沉鬱，後者光彩，需看所畫的題材，依個人的喜好決定。

就磨墨而言，陳眉公說：「磨墨如病夫。」意思是速度要緩，力量宜輕，墨質才會細。此外墨汁的厚薄也是學問，過濃的墨容易滯筆，稍稀的墨又嫌輕浮，是否恰到好處，完全得憑經驗。

就運墨而言，古人說：「墨有黑、白、乾、濕、濃、淡六彩。」乍看似乎沒什麼分別，實則正是墨的妙處。用得好，便能見精神、見氣魄、見神韻；用得壞，便似油帽垢衣、昏鏡渾水，死氣沉沉。

此外「墨」與「筆、紙、硯」彷彿朋友，老墨宜用舊紙；好墨當用佳硯；嫩墨適用新筆。必須適當地配合，才能發揮墨的長處。

磨墨也如同做人——

宜直而不宜偏，偏則多渣而易裂；宜常磨而不宜久置，久置則昏暗而易臭。

用墨又如同處世——

可以用濃墨，但不能遲鈍；可以用淡墨，但不能模糊；可以用焦墨，但不能浮躁。所以姜白石說：「人品不高，用墨無法。」

如果沒有死的悲哀，便沒有生的喜悅。

長生不老藥

由於科學、醫藥的高度發展，數千年後，人類終於發明了長生不老的仙丹，但是就在要大量生產之際，卻引起了很大的爭論，有人主張吃，有人主張不吃；有人主張長生不老，有人主張自然死亡，於是兩派各推代表舉行辯論。

◉

主張長生的代表說：「如果吃了長生不老藥，我們便不必去信仰上帝，因爲不再畏懼死亡；便不必急著做事，因爲有得是明天；便不必讀歷史，因爲我們就是歷史；更不必敬老，因爲人人都能長生不老。」

主張自然死亡的代表說：「如果沒有死的悲哀，便沒有生的喜悅，因爲上一代永遠不死，下一代的誕生便增加人口壓力；我們便沒有了精神的寄託，失去了道德的約束；便不去進取而養成苟且拖延的毛病；便不再有歷史上的英雄偉人，因為無法蓋棺論定；便很難維繫家庭，因為祖父母、父母、子女、孫子女大家都長生不老，一樣年輕。」

◉

最後全世界的人投票表決，結果是把長生不老藥銷毀，永不再研究生產，因為大家發現吃了那種藥，只會使人人變成不上進、不敬老、不愛幼，道德墮落的行屍走肉。

如果你欽佩我，便禮拜它們吧！
如果你羨慕我，便閱讀它們吧！
如果你想超越我，就去買更多的書來看吧！

一封信

這是一位著名文學家寫給他孩子的信，現在公開，讓我們一起來咀嚼他的言語。

親愛的孩子：

當我走時，留給你的，不是萬貫的家財、廣大的土地、豪華的房舍，而是滿架的圖書。在那些舊書中，你將可以發現我出汗的手澤、折角的痕跡、扉頁的記載和文中的眉批。它們或許包括幼嫩與蒼老幾種字體，那代表我不同年齡的記載；它們的內容可能武斷，那必是我年輕時的言語；它們的筆跡或許顫抖，那必是我病中臥在床上所書寫。當然你也可能發現有我給你母親的熱情詩句，那必是我戀愛時，讀不下書的傑作。

親愛的孩子！我留給你這些書，並非要你歎服父親讀書之多，更非強迫你同意眉批中的看法，而是因爲這些書反映了我的一生和治學的態度。

如果你懷念我，便摸摸它們吧！如果你欽佩我，便禮拜它們吧！如果你羨慕我，便閱讀它們吧！如果你想超越我，就去買更多的書來看吧！

父字

石油需要經過現代科學的提煉才能使用，
前人的文化遺產也當由我們去整理才能發揚光大。

文化沙漠

有幾個學生去拜訪老教授，並提出了一個問題：「有人說臺灣是文化的沙漠，您覺得呢？」

「你們不見那些阿拉伯國家嗎？他們擁有的也只是一片沙漠，卻能變得那麼富裕，這是因爲他們向地底探索，而下面蘊藏有豐富的石油。相反地，如果他們只知慨嘆眼前的貧瘠，而不去努力發掘，只好永遠窮困下去了。」老教授鄭重地說：「同樣的道理，雖然我們可能站在文化沙漠，但是只要向下追尋，便會發現古人留給我們豐富的遺產，而成爲最富裕的文化藝術之邦。當然石油需要經過現代科學的提煉才能使用，前人的文化遺產也當由我們去整理才能發揚光大。」

「站在無盡的寶藏之上，卻抱怨自己窮困，我們眞是太笨了。」學生恍然大悟地說。

真正的寧靜是一種泰然、閒適、完滿、愉悅的情懷與「蟬蛻塵埃之中，浮游萬物之表」的超脫境界。

有聲的寧靜

「空山不見人，但聞人語響；反景入深林，復照青苔上。」

「獨坐幽篁裏，彈琴復長嘯；深林人不知，明月來相照。」

這是王維的「鹿柴」和「竹里館」，也是唐代五絕中最美的兩首詩。因爲詩中非但不著一個「靜」字，而且既聞人語，又有彈琴與長嘯，但較諸萬籟俱寂更來得寧靜而幽遠。它使我們了解眞正的寧靜是一種泰然、閒適、完滿、愉悅的情懷與「蟬蛻塵埃之中，浮游萬物之表」的超脫境界。而一切能幫助我們澄澈、反省以達到這種境界的音響，像是杳杳的鐘聲、唧唧的蟲鳴、潺潺的流水、瑟瑟的金風，以及夜來的砧杵、五更的鼓角，都是一種寧靜。

那咚咚如鼓的音響，已移到了河的另一端，漸行漸遠，最後只剩下一片蒼茫的夜色。

愛河船聲

我有一次到高雄出差，晚上沒事就跟當地的朋友坐在「愛河」旁邊欣賞夜景。正在聊天的時候，遠方河面上隱約傳來「咚咚」的音響，那聲調十分規則，有些像鼓，卻又不及鼓聲來得響亮，我就好奇地問：「那是什麼聲音啊？」

「這個你都不知道？」朋友有點好笑地說：「這是河上拖木船的馬達聲，等下你就會看到了，一條小船用繩子拉著長長幾十根木頭在河面行駛，有時浮木上還坐著人呢！他們抽煙、聊天，比我們更愜意。」

「眞的？那一定很有意思。」於是我就興匆匆、眼巴巴地望著河的遠方，希望看到拖木船和朋友描述的景象。可是那船似乎行駛得非常慢，只聽到咚咚的音響不斷傳來，卻等了半天也未見船的影子。

「眞是走得太慢了，我們一邊聊一邊等吧。」我說，於是又繼續閒話家常，談了一會，我突然想到那拖木船該已駛至眼前，趕緊轉過頭尋找，但是咚咚的聲音依舊，卻仍是一片空盪盪的河面。「怎麼還沒到？」我抱怨地說。

「已經過了。」朋友講：「你沒發現這聲音的方向與剛才相反了嗎？」我聞言大驚，側耳細聽，果然那咚咚如鼓的音響，已移到了河的另一端，漸行漸遠，最後只剩下一片蒼茫的夜色、一流潺潺的水聲和我一顆悵然若失的心。

唉！人生機遇，稍縱即逝，誰說不對呢？

如果沒的描，自然不必描，也就不會愈描愈黑了。

愈描愈黑

當一個國家的商店裏都掛著「不二價」的牌子時，極可能表示他們照價買賣的情況不佳。

當一個國家的商店裏都掛著「童叟無欺」的牌子時，極可能表示他們的商店會看人叫價。

當一個人總說自己很快樂時，他心裏極可能並不快樂。

因爲：

本來就該不二價，本來就當童叟無欺；心裏很快樂的人，更不會總是想自己快樂不快樂。

◉

我常愛說這個很通俗的故事給學生聽——

有兩個和尚一起過河，看見一位年輕的女子欲渡不能。其中一個和尚便將女子抱過了河。

上岸之後，另一個和尚責怪地說：「你忘記出家人不能近女色嗎？」

聽者未答話。

行了十里路，那和尚又問同樣的問題。

抱女子過河的和尚說：「我根本不記得自己曾抱一個女子過河，只知道是幫助了一個人。我早把這事拋諸腦後，爲什麼走了十里路，你還念念不忘那女子呢？」

如果沒得描，自然不必描，也就不會愈描愈黑了。

逃避它，你只有被捲入洪流；迎向它，你卻能獲得新生！

迎向風雨

因爲有幾個大學生在登山時遇到土石流喪生，記者特別訪問一位登山專家：「如果在半山腰，突然遇到大雨，應該怎麼辦？」

「應該向岩石比較堅固的山頭走。」

「爲什麼不往山下跑？山頭風雨不是更大嗎？」記者不解地問。

「往山頭走，固然風雨可能更大，卻不足以威脅你的生命。至於向山下跑，看來風雨小些，似乎比較安全，卻可能遇到暴發的山洪和土石流而喪命。」登山專家說：「對於風雨，逃避它，你只有被捲入洪流；迎向它，你卻可能獲得新生！」

美國人的挺胸是健康；英國人的挺胸是矜持；
德國人的挺胸是自信；中國人的挺胸是風骨。

挺胸

學生時代，有一位長輩對我說：「你要成功，就得挺胸，改掉彎腰駝背的毛病。」

在那之後，我雖然照他的話做，但並不了解爲什麼挺胸有那麼重要。所以最近當我又遇到那位長輩時，就問：「自從我改掉彎腰駝背的毛病之後，做事似乎比以前順利得多，挺胸爲什麼有那麼大的妙用啊？」

那位長輩拍拍我的肩，笑著說：「你現在終於體會了挺胸的好處。挺胸所能表現的眞是太多了——美國人的挺胸是健康；英國人的挺胸是矜持；德國人的挺胸是自信；中國人的挺胸是風骨。挺胸表現了精神、魄力、以及面對現實、迎向戰鬥的勇氣。所以挺胸也是邁向成功的第一步。」

從年頭到年尾，門邊的春聯永遠如新，
怎能有時光過往的感覺？

春聯

每到舊曆年，我們都可以在街頭看見賣春聯的人，他們背後掛滿了「天增歲月人增壽，春滿乾坤福滿門」這些吉祥話的對聯，有的更在案上擺了筆墨紙硯，當場爲人揮毫。

過去的春聯都是寫在長條的紅紙上，但是由於科技進步，近年來竟出現了塑膠製品。這種春聯有許多好處，它不像紅紙，日晒雨淋，過不了多久就變色，也不似紙張那麼容易破，甚至連書寫都不必了，因爲在工廠早就印上各種文字，眞可以說是集耐用、美觀、經濟諸優點於一身。

但是儘管如此，過年的時候我仍然看見家家掛紙對聯，賣紙春聯的攤子也依舊生意興隆。實在想不通是什麼道理，所以今年過年的時候，看到一位賣紙春聯的老先生，我就問他：「請問您，塑膠春聯出現之後，對您的生意有沒有影響啊？」

老先生沉吟了一下說：「剛出的那年影響很大，但是第二年就小了。」

「塑膠春聯防水、防霉，永不褪色，保不破損，甚至字體還有凹凸變化，可以說是價廉物美，爲什麼大家不喜歡呢？」我問。

「就因爲它有這些優點啊！你想想，從年頭到年尾，門邊的春聯永遠如新，怎能有時光過往的感覺？去年掛的那幅，今年根本不必換，又哪裏像貼紙春聯時，必須先撕去舊的，刷淨門框，重新貼上兩幅色彩鮮明，墨香猶存的新春聯，來得有除舊布新的感覺呢？所以貼春聯的目的不是裝飾，而是在一年之始，勉勵人把握時光，奮發向上；祝福家庭和樂、國運昌隆。這正是——」說到這兒，老先生舉起剛寫好的一幅春聯：

「一元復始，萬象更新。」

在一個人最困難時幫助他，不必讓他選擇，不必讓他了解，他卻可能最滿意，而且久久難忘。

翡翠白玉湯

爲什麼當我們看隧道另一頭的風景時，總覺得特別美，似乎紅的特別艷，綠的特別翠，什麼東西都變得格外亮麗。

因爲隧道裏是黑暗的，而另一頭是明亮的。

因爲隧道另一頭的風景，看去只有一小塊，是毫無選擇餘地的。

因爲隧道的這一頭，我們才看過，而另一邊還沒見到。

據說有位皇帝在離京避難時，百姓曾獻上一碗青菜豆腐湯，竟使皇帝在亂平返京之後念念不忘，認爲那碗「翡翠白玉湯」是平生嚐過最可口的東西，實在因爲那碗青菜豆腐湯，是他在飢餓困頓時吃到的，是他在一無選擇的情況下吃到的，又是他未曾吃過的。

在一個人最困難時幫助他，不必讓他選擇，不必讓他了解，他卻可能最滿意，而且久久難忘。

只要往深處著手，小之內，大之外，總會有所獲得。

顯微與望遠

同樣是運用光學原理，有的人發明望遠鏡，以觀測遙遠的星辰；有的人卻發明顯微鏡，研究身邊的細菌。

同樣是探險，有的人乘火箭進入太空，一探廣寒的蟾殿；有的人卻乘潛水艇深入海洋，發掘地球的奧秘。

所以，同樣是做學問，我們可以追索遙遠寬廣的一切，也可以探求眼前細微的事物；可以遐想，也可以愼思。只要往深處著手，小之內，大之外，總會有所獲得。

枕上美夢總會落空，五色神筆終必繳還，
不憑真本領獲得的成功，是不可能長久的。

黃粱一夢與江郎才盡

你知道「黃粱一夢」與「江郎才盡」的故事嗎？

據說有位落第書生，向旅途中遇見的道士訴說自己的不得意，道士就交給他一個枕頭。

枕著它，書生夢見自己娶妻、生子，並做宰相，一直活到八十歲。醒來才發覺原來是個夢，而睡前所蒸的黃粱，此刻還沒熟呢！這就是「黃粱一夢」。

又據《南史》〈江淹傳〉記載，江淹某日睡覺，忽然夢見一個叫郭璞的人，對他說：「我有枝筆在你那兒好多年，現在該還了。」江淹於是由懷中取出一支五色筆交給郭璞，從此以後，江淹再也寫不出好的詩句。這也就是「江郎才盡」的由來。

◉

你可由這兩個故事中獲得什麼啓示？那就是黃粱夢雖美，但只有透過道人的「枕頭」才能得到；江郎的詩句雖佳，也只是靠著「五色筆」才能寫出。枕上美夢總會落空，五色神筆終必繳還，不憑眞本領獲得的成功，是不可能長久的。

即使右眼被打中，左眼仍然要瞪大。

拳擊賽

一位拳擊手對我說：「拳賽的時候，你必須緊緊盯住對手，即使右眼被打到，遭擊中的那瞬間，左眼仍然要睜大，唯有如此，你才能避免連續挨揍，也才能適時還擊。如果當時左眼也閉上了，不但不可能安全，連左眼也會跟著挨上一記。所以打拳最重要的是面對現實，即使在最困難的時刻，也要正視對手，並把握機會，隨時反攻。」

「即使右眼被打中，左眼仍然要瞪大。」這是一句多麼殘酷又眞實的話！

破得那麼快！破在自己人的手裏！

裂帛

你聽過撕裂綢緞的聲音嗎？據說夏桀寵愛的施妹喜就特別愛聽這種音響，那是一種極爲爽利的聲音，正如白居易在琵琶行中描述的「曲終收撥當心畫，四絃一聲如裂帛」，那快速而亮麗的感覺，確實能使人有一種緊張後獲得放鬆的快感。

◉

綢緞應該是純蠶絲織成的，蠶絲那麼柔韌，用剪刀尚且不易剪斷，爲什麼卻能以手很容易地撕開呢？

因爲經常在絹上作畫而需裁絹，使我終於找到答案——

撕絹之前，如果先將絹的邊緣剪開一個小口，再順著那裂口撕，輕輕一下就能扯裂幾呎的絹。否則無論怎麼用力，就算割破了手，也難得裂開。

我發現絹素被撕裂，不是因爲織絹的絲不夠強，而是由於本身的「經」絲，割斷了「緯」絲，或「緯」絲切斷了「經」絲；強者剋強者，再加上一點外力、剪開了裂口，多麼緊密的絹，也禁不住輕輕的一扯啊！

◉

許多國家與團體，就像那光燦而織工緊密的綢絹，由於其間的明爭暗鬥，只消敵人打開一個小小的缺口，略施一點力量，就突然破裂了。破得那麼快！破在自己人的手裏！

想要摒棄眼前的黑影，就當迎向光明。

迎向光明

有光的地方就有影。光強時顯得影深；光弱時變得影淡。面對光明時，影子便在背後；背對光明時，影子就在眼前。

所以我們想要擁有光明，就不能抱怨陰影；想要擁有快樂，就不能抱怨憂愁；想要獲得成功，就不能害怕失敗；想要摒棄眼前的黑影，就當迎向光明。

分期付款的錢付完了，東西也舊了；
分期治學的功夫下夠了，學問則愈紮實。

分期付款

不知從什麼時候開始，人們發明了分期付款的辦法。房子可以分期付款；電視、冰箱可以分期付款，甚至衣服、皮包也可以分期購買。自從這個辦法施行之後，大家的購買力一下子增強了許多，從前不敢想的，現在都擁有了。雖然每個月要付款，但是由於期數多、金額分散，並不覺得吃力，所以有人說：「現代社會最大的福利制度就是分期付款。」

◉

我覺得分期付款這個辦法，除了可以拿來買東西，也可以用於治學。看來令人生畏的巨著，每天讀一點，很輕鬆地就能看完；仰之彌高的學術境界，持之以恆地鑽研，時間久了也能達到。

當然分期治學和分期付款仍有些差異，那就是分期付款是先享用後付錢，分期治學則是先下功夫後享用。分期付款的錢付完了，東西也舊了；分期治學的功夫下夠了，學問則愈紮實。

◉

由以上的比較可以知道，分期治學要比分期付款更划得來。可是現在卻有許多人，只知分期付款地買昂貴的東西，卻不知分期治學地求高深的知識；從不嫌分期付款的東西貴，卻要喊：「這本書太厚了，我讀不完；那樣東西太難了，我學不會。」這豈不是很滑稽嗎？

為山九仞，常功虧一簣。

經過長久的努力，成與不成常決定於最後的一刻啊！

鑼

據說世界上最好的鑼出在中國，中國鑼又以西藏的爲最佳。當喇嘛寺中的銅鑼響起，能在清晨曉霧中聲傳百里。近聽，聲音沉厚而不震耳；遠聞，餘音裊裊而迴盪不絕。

◉

又據說，好的鑼是以整塊銅板錘打而成。製鑼的師傅，由銅板邊緣一圈又一圈地向鑼心敲打，每一錘的輕重間隔都得恰到好處，否則聲音就不均勻。

所以一隻大鑼往往需要經過整年的時間，千萬次錘打之後才能成功。最重要的是，一隻鑼的好壞，常決定在最後鑼心的一錘。師傅們必要在焚香膜拜之後，才舉起鐵錘，做那關鍵的一擊。錘得好，便是聲傳百里的寶器；擊得稍差，聲音便不夠純厚，餘音便不夠裊繞；而且只要擊壞了，就再也無法挽救，好壞全在那最後的一錘。

◉

在我們的人生當中，做許多事不都如此嗎？爲山九仞，常功虧一簣。經過了長久的努力，成與不成常決定於最後的一刻啊！

持志以養氣，博學以明理，血淚以俱，生死與之，才能成不朽的作品。

持志以養氣

伯牙曾鼓琴於江畔；孔子曾觀水於川上❶；嚴光曾垂綸於富春❷；陶潛曾采菊於東籬；他們豈僅是鼓琴、觀水、垂釣與采菊而已，實在是以之託寄性靈、發抒胸懷、感悟人生。正因此，才表現出巍巍蕩蕩之志，悟出德道法正之義，不慕榮利，忘懷得失，為後代所景仰。

同樣的道理，我們從事音樂、美術、文學的創作，絕不能停留在表面的技巧，而當持志以養氣，博學以明理，血淚以俱，生死與之，才能成不朽的作品。

❶見荀子宥坐篇：

「孔子觀於東流之水。子貢問於孔子曰：『君子之所以見大水必觀焉者，是何？』孔子曰：『夫水，大徧與諸生而無爲也，似德。其流也，埤下裾拘，必循其理，似義；其洸洸乎不淈盡，似道；若有決行之，其應佚若聲響，其赴百仞之谷不懼，似勇；主量必平，似法；盈不求概，似正；淖約微達，似察；以出以入，以就鮮絜，似善化；其萬折也，必東，似志。是故君子見大水必觀焉。』

❷嚴光，東漢餘姚人，本姓莊，避明帝諱改；一名遵，字子陵。少與光武同遊學；及光武即位，光變姓名，隱居不見；帝思其賢，物色得之，除諫議大夫，不就；歸隱富春山，耕釣以終。後人名其釣處曰嚴陵瀨。

我們因事而認識人，因人而成就事。

小記事本

許多人隨身都會準備小記事本，記錄朋友的名字、地址和電話。

我也有一個小小的記事本，是電信局早年隨電話簿贈送的，雖然上面已經記得密密麻麻，紙張又破又舊，但我總捨不得將它扔掉。因爲我不能一天沒有它，否則跟朋友的聯絡就大成問題，同時每當我翻閱它時，過去的歲月便很快地再度展現在眼前。我能從記錄的次序，回憶認識朋友的先後，也能由上面的筆跡，回想當時的情景——潦草的字體，可能是匆忙間在街頭寫的；工整的小字，可能表現特別的敬重；寫好又刪去，表示那人已不在記憶中停留……。

◉

世事多變，萍水相逢的陌生人，可能而今已成爲肝膽相照的摯友；許多曾共事的人，可能久已失去聯絡；尤其令我感慨的是幾位敬愛的學者，而今已經離開了人世。從那小小的記事本，我能憶起過去這許多年的生活，那似乎就是我的一個小世界。

◉

我們因事而認識人，因人而成就事；由生疏而熟稔，由聚合而分散，只要我們活在這個世界上，就必須跟他人接觸。我們將別人的名字記入本子、融入腦海，也將自己的名字留在別人的紙上、心上。

每個人都會死亡，只是不知道什麼時候來臨罷了；
它可能還相當遙遠，也可能此刻正敲我們的房門。

計畫生命

如果上帝告訴我，還有五十年的生命，我會照原來一樣過日子。

如果上帝說我還有十五年的生命，我會加緊努力，完成自己的理想。

如果上帝說我還有五年的生命，我會及時行樂。

如果上帝說我還剩五個月的生命，我會好好安排身後的事。

如果上帝說我還剩五個小時的生命，我會趕緊寫下遺囑，見親人最後一面。

如果上帝說我只剩五分鐘的生命，我會立刻拿起電話，打給最愛的親人，說一聲「我愛你！」

◉

每個人都會死，只是不知道什麼時候來臨罷了。它可能還相當遙遠，也可能此刻正敲我們的房門。對於那些意外死亡的人，有誰能在前一刻就預料自己會死呢？如果知道，他們必會把握最後一點時間，做他應做的事；如果他前一年、前十年知道，也必然會改變原先行事的步驟，計畫自己有限的生命。

◉

生物的可悲，是從生下來便走向死亡。

如果說：「你是在走向墳墓。」你會不承認嗎？

如果說：「你當計畫自己不預知，卻必將來臨的死亡。」你會反對嗎？

如果說：「你必須把握現在所有的每一分、每一秒，因爲它可能是你最後的一分、一秒。」你會認爲錯嗎？

所以，趕緊努力吧！

讀書與擇友

一位出版商對我說：「所謂的暢銷書，大約可以分為『鋒頭型』和『穩重型』兩種；前者內容不必好，但封面華麗、印刷精美、紙張講究、言詞衝激。因為搶眼，所以常被書店放在櫃台上，很容易就能吸引讀者的注意，而暢銷一時。但這種書初看十分精采，愈讀愈覺乏味，所以只能銷售一陣，風頭過去就很難賣了。至於後者則封面簡單、排版平實、紙張普通、言詞含蓄，因為貌不驚人，常被書店置於書架，必須細細尋找才能發現。這種書初看可能平淡，但是愈讀愈覺充實，而且意味無窮、耐人玩味，所以出版十年八年之後，依然有廣大的讀者，銷數反比前者來得多。」

◉

人不也是如此嗎？有些人衣飾華麗、言詞誇大、譁眾取寵，常被捧爲明星；雖然看似博學，但是交往一陣，卻可能發現他是金玉其外，敗絮其中。又有些人，平日衣著樸素、舉止儒雅、言語含蓄、貌不驚人，常被群眾忽略。雖然看似平凡，但是深入交往之後，卻可能發覺仰之彌高、鑽之彌堅。

讀書、擇友都不能只看表面哪！

沒有生命的東西，外形再美，也是死的；
有生命的物體，表面雖醜，卻是活的。

含不盡之意，見於言外

我教國畫的時候常對學生說：「梅聖俞評詩要『狀難寫之景如在目前，含不盡之意見於言外』，繪畫也是如此。就前者而言，需要在寫形方面多下功夫，加強素描的訓練，才能使畫出來的東西比例正確，色彩恰當；就後者而言，則要多讀書，多旅行，以增廣見聞，充實心靈，開拓境界，使畫中有詩，意境高遠。」

學生問：「老師，若不得已而去其一呢？」

「去前者，因爲前者是技巧，後者是境界；前者是物形，後者是生命。技巧差而意境遠，還能超於象外，得其環中；意境差而技巧熟，則只是浮面的描寫、匠氣的表現。沒有生命的東西，外形再美，也是死的；有生命的物體，表面雖醜，卻是活的。兩者權衡，當然選擇有生命、有靈性、有意境的後者。」

抓住時間，以改善自己、改善環境、改善世界，
就是生命的意義。

時間的痕跡

你想知道一棵樹的年齡嗎？請數數它的年輪。

你想知道一條魚的年齡嗎？請看看它的鱗紋。

你想知道一匹馬的年齡嗎？請摸摸它的牙齒。

你想知道一件古物的年代嗎？請測驗它氧化的程度。

時間在每樣東西上留下痕跡，只要你細細觀察，即使是一分一秒，萬物都在變化。

如果有一天，日夜不再交替，葉子不再枯榮，人不再死生，雁不再去來，我們還會感覺時光的移轉嗎？所以時間就是改變，改變就需要時間。抓住時間，以改善自己、改善環境、改善世界，就是生命的意義。

許多解決問題的人與方法，都可能成為問題解決之後的問題。

解決問題的問題

如果你拿到一個表皮不乾淨的水果，雖然削了皮再吃，還是可能吞下許多原來附在表皮上的細菌。

如果你的手髒，雖然先搽肥皂再用水洗淨，還有可能沾上許多原先附在手上的細菌。

因爲當你削果皮的時候，總是一手拿著水果轉動，一手拿著刀削皮，拿水果的手，自然把原先果皮上的細菌帶到已削了皮的果肉上。

因爲當你以髒手開水龍頭時，便把細菌留在了開關上，雖然手已洗淨，但在關水龍頭時，又可能帶回一些原先留在上面的細菌。

許多解決問題的人與方法，都可能成爲問題解決之後的問題。

我就是我，沙啞的嗓子是我天生的，
雖然它不夠悅耳，代表的卻是我，而非別人。

我就是我

我有位朋友，天生一副沙啞的嗓子。某日我們一塊兒看電視，正巧主持人的聲音非常甜美，聽到他頻頻讚歎，我就轉過頭問：「你是不是想，如果能換成他的嗓子該多好？」

沒想到，他的臉一整：「不！我雖然讚賞，卻並不羨慕。因爲我就是我，沙啞的嗓子是我天生的，雖然它不夠悅耳，代表的卻是我，而非別人。我又爲什麼要拋棄本來的自己，去換一個不屬於自己的東西呢？」

上帝賜予我們的一切，就世俗的觀點，雖然有美醜之分，但就我們自己來說，無論好壞，那總是我們所獨具的啊！

唯有當我們知道生命的價值與意義之後，
才能真正獲得生的愉悅。

重生

雖然我們只能被誕生一次，但在其後，卻可能有更多的生，那就是所謂「重生」。

當我們大難大病不死，恍如隔世，形同再造時，是重生。

當我們徹悔徹悟，覺今是而昨非，決定從頭做人時，是重生。

因爲前者使我們體會了生命的價值，後者使我們了解了生命的意義，所以都給予我們更大的感動與興奮；而說實在的，也唯有當我們知道生命的價值與意義之後，才能眞正獲得生的愉悅。

要長期等待而絕不焦躁；
態度從容卻保持敏銳；不怕挫折且充滿希望。

釣魚的哲學

我有位朋友非常喜歡釣魚，每到假日都要戴著草帽、背著竹簍，拿著魚竿到河邊垂釣。有一天我問他：「釣魚到底有什麼樂趣啊？日晒雨淋地在岸邊枯坐，有時等上半天，連隻小蝦都沒看到，這麼乏味的事，你卻如此熱中，眞是令人不解。想吃魚，何不到菜場買呢？」

朋友笑笑：「因爲你不釣魚，所以不知其中的趣味，釣魚最大的快樂不是『得魚』，而是『垂釣』。當你把魚餌掛上鉤，並盡力摔向河面，你的心、你的希望，也似乎就那麼『颼』的一聲，飛往幾十公尺外的水中。然後慢慢將魚竿插在岸邊，半躺半臥地閉目養神或縱目碧水。此刻你雖然看似心不在魚，卻要保持高度的敏銳，一點點風吹草動、魚竿的顫抖和魚鈴的聲響都得注意。突然鈴聲大作，你趕緊飛身而起，抓住魚竿往回收線，收線時要忽鬆忽緊，魚兒才不會逃脫。尤其到了岸邊，更要特別小心，否則功虧一簣。當魚兒出水時眞是漂亮極了，只見一尾銀梭，潑刺潑刺拍打著水面，映著天光，閃閃生輝，那種景象，即使我在夢中都難忘。當然釣魚也有令人懊惱的時刻，那就是費了半天力氣，拉上來的卻是半塊破布、一根枯枝，或只留下不見餌的魚鉤，令人空歡喜一場，這時我只好從頭再來。所以釣魚要放長線、下肥餌；要長期等待而不焦躁，態度從容卻保持敏銳，不怕挫折且充滿希望，即使空手而歸也樂在其中，能修到這種境界，你還說釣魚不好嗎？」

「這大概就是釣魚的哲學吧！」

在我們生活當中，有許多遺漏的稻穗。

拾穗

三個婦人在收割過的田裏，彎著腰撿拾稻穗。金黃色調的畫面、一望無際的田野，給人寧靜祥和的感覺。這就是名畫家米勒所描繪的「拾穗」。

最近我在新聞中也看到了一則拾穗的消息——美國許多大學生，集體下田拾穗，短短幾天，竟然撿到了數以百噸的穀子，於是他們以這些收入，做了一次成功的社會福利工作。

◉

那「稻穗」可能是微不足道的零錢，可能是小小心靈的觸動，可能是偶然相遇的陌生人，他們確實很小，但請千萬不要錯過。

在我們生活當中，有許多遺漏的稻穗，如果我們都能小心地拾起，慢慢地積蓄，不是也能用來做許多有意義的事嗎？

人們追求完美，即使為那一般人看來微不足道的差異，
也可能付出極特殊的代價。

笑話

某處舉行吹牛比賽，規定非常特殊：

（一）愈短愈好，最好短得只有一句。

（二）雖說吹牛，卻不准眞吹牛，必須是可能眞正發生的事。

經過激烈的角逐，得獎的作品果然都只有一句：

第一名——

「有個游泳健將比賽前剃光了體毛。」

第二名——

「有個胖女人在秤體重前脫下了戒指。」

第三名——

「有個吹長笛的人拔掉了她的大門牙。」

第四名——

「有個鋼琴家把手上的虎口切開以求多彈一個音。」

◉

這些笑話除了有意思之外，也告訴我們一件事：

人們追求完美，即使爲那看來微不足道的差異，也可能付出極特殊的代價。

你要珍貴的是生命，而不是價值；
對待它，要以愛，而不能以貪婪。

珍禽

有個朋友家裏養了一隻鳥，由於工作忙碌，對那隻鳥疏於照顧，經常忘記添食加水，又總是把鳥籠掛在陽台上，任憑風吹雨打。

有一天，他發現鳥的身上長了許多怪異的羽毛，惟恐是什麼傳染病，於是提到鳥店請老闆診斷。

老闆細細檢查一番，突然驚訝地對他說：「恭喜您！先生！您的鳥發生異變，一下子身價百倍，成爲稀世的珍禽了。」

我這位朋友眞是高興極了，立刻就買了最好的小米、菜籽和貝殼粉等飼料，將鳥捧回家，在客廳裏高高地供上。除了每日晨昏親自照顧，更叮囑家中老小，隨時注意鳥的起居飲食，定時帶到室外享受日光浴。

未料，隔不多久，這寶貝鳥身上珍貴的怪毛居然消失了。不論主人如何伺候，都無法保住，終於又恢復了本來平凡的樣子。

◉

主人非常傷心地跑到鳥店，向老闆訴說這件不幸的事。

豈知老闆聽了之後，竟然一笑：「這種情況，我早就料到了，老實說，那鳥的羽毛變色，並非眞的成了異種，而是因爲疏於照顧所生的病態，再不好好照顧就會死掉。我是不忍見牠死，也不忍見你害死一隻可愛的小鳥，所以騙說它成了珍禽。你回去之後，果然對牠萬般體貼，治好了牠的病。我希望你現在好好反省一下，今後對牠多盡點心。你要珍貴的是生命，不是價値；對待牠，要以愛，不能以貪婪。否則，你就不配養小動物了。」

上多少班

由於日本製的汽車，給美國汽車工業很大的打擊，而引起美國朝野的重視，大家紛紛想找出問題的癥結，到底美國的汽車競爭不過日本，是因爲成本太高，設計不佳，還是品管不良？

有一次在新聞專訪中，主持人劈頭就問美國福特公司負責人：「是不是美國工人的時薪太高？」

負責人的答案非常簡短而耐人尋味——

「不在每小時工資多少，而在於用了多少小時啊！如果工作效率奇高，就算工資高得離譜，也可能划得來；如果工作效率低，便算工資低，也無濟於事。」

◉

他的話眞是太有道理了。在過去的農業時代，由於多半靠勞力，人們工作效率的差距是較不顯明的；但是今天，因爲使用各種機器和電腦，操作者技術、速度、反應和積極性的小差異，常能造成極大的不同。所以經營者絕不能計較表面工資的高低，卻忽略根本的工作效率，更不能以爲工作的時間長，就代表了工作的成果高。

如果一個星期上四天班，而讓員工有時間運動休閒進修，達到上五天班的工作效率，何必非要他們多費許多體力和交通費，跑到辦公的地方「報到」呢？

不在於每小時工資多少，而在於用了多少小時。

不在於每星期上「幾天班」，而在於上了「多少班」。

這是一種很重要的觀念。

得別人誇讚一兩句，
就自以為已經不錯而停止奮鬥的人，無法達到最高的境界。

盡善盡美

國畫大師張大千說過一個故事：

他某日去拜訪一位畫家朋友，當時那朋友正在揮毫，作品已經完成了十之八九，氣勢相當不錯。大千先生就讚賞了幾句，沒想到那位朋友立刻在未完成的畫上題了字，並說：「既然你喜歡，現在就送給你吧！」大千先生回問：「不是尙未完成嗎？」他的朋友卻講：「你不是已經覺得很好了嗎？這樣就可以了。」說到這兒，大千先生感慨地說：「這種不敬業和不求盡善、盡美的態度，實在要不得啊！」

◉

在這個世界上，得別人誇讚一兩句，就自以爲已經不錯而停止奮鬥的人眞是太多了，也就因此，他們無法達到最高的境界。

要快速行動以掌握先機；要立定志向，以統一步調；要放鬆心情，以隨機應變。

腳踏車

腳踏車要想立得住，就必須行走。走得愈快，愈平穩；方向愈定，愈平穩；身體愈放鬆，愈平穩。

同樣的道理，我們要想獨立，就必須行動。要快速行動以掌握先機；要立定志向，以統一步調；要放鬆心情，以隨機應變。

賺錢的時間愈多，花錢的時間愈少。

多多少少

架上的存書愈多，讀過的比例愈小。
賺錢的時間愈多，花錢的時間愈少。
已過的年歲愈多，剩下的時日愈少。
存書滿架、家財萬貫、年稱老大，都是既值得自豪，又應該反省的事。

人若失去了理想，就不可能活得快樂。

為何而活

有三個愁容滿面的人去請教心理醫師，怎樣才能使自己活得快樂些。

「你們先說說自己活著是爲什麼？」醫生笑道。

甲說：「因爲我不願意死，所以我活著。」

乙說：「因爲我想看看明天會不會比今天好，所以我活著。」

丙答：「因爲我有一家老小靠我撫養。我不能死，所以活著。」

醫生搖了搖頭：「你們當然都不會快樂，因爲你們的活，只是由於恐懼、由於等待、由於不得已的責任，卻不由於理想。人若失去了理想，就不可能活得快樂。」

飛來的好運固然可喜，接下去的努力更為重要。

飛來好運

據「唐才子傳」記載，名詩人錢起早年在京口客舍，聽到戶外有人吟詩：「曲終人不見，江上數峰青。」走到外面觀看，卻不見人影。正巧後來他入京考試的詩題爲「湘靈鼓瑟」，錢起就將聽來的那兩句帶入詩中，獲得主考官的激賞，中了進士。

假使眞如「唐才子傳」所載，錢起可以說是十分幸運地當了官。但是話說回來，如果從那以後，他不繼續用功，再難有佳作示人，又豈能受人重視，而被譽爲大曆十才子之一呢？

所以飛來的好運固然可喜，接下去的努力更爲重要。

只要你把精神提起，你便將年輕，
陽光便將展現，勝利便將來到。

振作精神

你注意過那些精神抖擻的人嗎？他們容光煥發、皮膚潤澤，頭髮像是柔滑的綢緞，眼睛如同深澈的湖水，即使是老人，面上的皺紋也彷彿奔騰的川流，充滿生氣。

你注意過那些意興闌珊的人嗎？他們形容枯槁、面容憔悴、皮膚乾澀、首如飛蓬、雙目無光，即使是年輕的少女，雙頰也彷彿塌陷，眉宇也盡是憂戚。

精神，就像春風。當她駘蕩過原野，冰河便將喀朗喀朗地解凍，枝頭便將抽出耀眼的新綠，花朵便將紛紛地綻放。

振作精神，迎向風雨和戰鬥吧！

只要你把精神提起，世界便將改變，你便將年輕，陽光便將展現，勝利便將來到。

要致富，自己去賺；要好命，自己去創。

算命與賭博

算命與賭博的心理很相似——

賭博的人只要賭一次就想賭第二次，賭贏了想要再贏，賭輸了又圖翻本，結果只有愈陷愈深。

去算命的人也是如此，只要算一次就想算第二次。第一次如果算得吉利，就想找另一個人也算得吉利一點，以求確定。第一次如果算出是凶，更得找別家算，非至有人說他是吉，否定以前所算的凶，才能心安。如此吉吉凶凶算下去，眞是沒完沒了。

所以賭博與算命最好少碰。要致富，自己去賺；要好命，自己去創。

發現一個人的惰性不難，由幾件小事便能曉得。

小節

「我只要觀察一個兵入營日和退伍日的兩件小事，就能知道他的性格，並預測他未來的發展。」一位老連長對我說：「入營那天，我注意他掃地的動作，如果他對每一個隱蔽不爲人注意的角落都不放鬆，必是一個謹慎、細心、有耐性、肯負責的人。相反地，如果他遇到溝，就將灰土往溝裏掃，遇到不顯眼的地方就馬虎了事，必定會投機取巧，不能腳踏實地。至於退伍那天，我則觀察他折的棉被。如果他因爲即將離營，而隨便疊兩下，必是一個苟且、無恆、沒有責任感的人。相反地，如果他仍能一如往日，小心地將棉被折成豆腐乾的樣子，則顯示他對任何事都能鍥而不捨、堅持到底，未來也多半會有成就。」

發現一個人的惰性不難，只要注意幾件小事，便能曉得。
除去一個人的惰性最難，必須改正每一細節，才能成功。

律己以嚴，責人以寬。

嚴以責己

某日我與一位朋友在家聊天，碰巧有兩個以前教過的學生來訪。談話中，我問他們：「最近忙嗎？」

一人回答：「眞是太忙了，我不是忙著練字，就是忙著作畫。」

另一個說的也差不多：「我也很忙，不是忙得沒能練字，就是忙得沒能作畫。」

學生走了之後，我的朋友感慨地說：「這兩個學生都不錯，可是後者尤其會成功。」

「爲什麼？」

「因爲前者律己以寬，後者責己以嚴。前者容易驕矜自滿、伐善施勞；後者卻能自我要求、更上層樓。」

兩件事可以同時去做，但千萬不要想同時取得、同時開始，必須把其中一項穩住之後，再接另一件。

兩個球

有個年輕人新進一家公司，老闆只交給他一項簡單的工作，他覺得不足以表現自己的才能，於是前去要求多給他一點事做。

老闆說：「我打個比方，如果我丟給你一個球，你很容易就能接到。而當你把那球拿穩之後，再拋給你第二個，必定也能抓住。但是如果當初我同時丟給你兩個球，你不但不能保險全部接到，恐怕連一個都抓不住了。同樣是希望手裏有兩個球，何必非要一塊兒接呢？所以當你做事時，兩件事可以同時去做，但千萬不要想同時取得、同時開始，必須把其中一項穩住之後，再接另一件，免得手忙腳亂，一樣也做不好。」

看畫與看人

當我們觀察一個人的時候，遠看注意姿態是否婀娜，舉止是否從容；近看又注意衣著是否恰當，相貌是否端正；相對面談，則注意言詞是否高雅，才學是否充實。

當我們看一幅畫的時候，遠看只問構圖是否嚴謹，氣勢是否渾厚；近看又問設色是否典雅，用筆是否蒼勁；細細欣賞，則問意味是否深長，境界是否高遠。

看畫如看人，誰說不是呢？

筆就像是你的朋友。

老辣

有個學生對我說：「每當我買回新的毛筆，都要把尖細的筆鋒剪掉，因爲這樣畫起來比較老辣。」

我聽了之後問：「是不是你的功力也已經很老辣了呢？如果你不老辣，只是筆老辣，畫出來的東西，就能眞老辣嗎？筆就像是你的朋友，當你年輕的時候，它正幼嫩；當你纖巧的時候，它正尖細；當你雄壯時，它正勁挺；當你拙樸時，它正蒼老。它隨著你變化，跟你配合得恰到好處，這樣的朋友哪裏去找？你又爲什麼要去傷害它呢？」

打與罵

我的水龍頭漏水，請工人來修。原來是因爲裏面的橡皮磨損，造成無法鎖緊。

工人把新的橡皮裝入，並重新扭上龍頭，對我說：「以後關水不要扭得太緊，水恰恰止住就可以了！」

「扭緊一點不是更好嗎？」我問。

「不！扭得太緊只會使橡皮磨損和彈性疲勞，反而造成漏水。」

從此，每次我管教孩子，都會想到水電工的那句話。過嚴的管教，只可能造成孩子的習以爲常、陽奉陰違，當孩子把打罵都看成家常便飯時，問題反而更多了！

最偉大的成就，常屬於那些在大家都認為不可能的情況下，
卻能堅持到底的人。

堅持到底

當萊特兄弟研究飛機的時候，許多人都譏笑他們是異想天開，當時甚至有句俗語說：「上帝如果有意讓人飛，早就使他們長出翅膀。」但是萊特兄弟毫不理會，終於發明了飛機。

當伽利略以望遠鏡觀察天體，發現地球繞日的時候，教皇曾將他下獄，命令他改變主張，但是伽利略依然繼續研究，並著書闡明自己的學說，終於在後來得到證實。

最偉大的成就，常屬於那些在大家都認爲不可能的情況下，卻能堅持到底的人。

勝利不是迎接就會來到的，必須付出血汗的代價，才能獲得。

爭取勝利

當我作電視新聞主播的時候，有一天，我報完新聞，接到一位老先生的電話，他以非常親切的口吻對我說：

「剛才您播報的新聞稿中，有一句是『迎接勝利』，我覺得有點不妥，應該改為『迎取勝利』或『爭取勝利』，因為勝利不是迎接就會來到的，必須付出血汗的代價，才能獲得。『迎接』不夠積極，我們要的是贏得、是爭取、是主動地攻擊與戰鬥。」

從那以後，我寫稿絕不用「迎接勝利」這句話，遇到別人的稿件有相似的句子，我也一定建議他改為「爭取勝利」。

只相信數字、名詞、表格、電腦，
卻不信任自己的眼睛，這大概是現代人的通病吧？

現代病

有一位小學老師對我說，某日她指著漆成綠色的黑板問學生：「這是什麼顏色？」沒想到學生竟異口同聲地回答：「是黑色的！」她接連問了好幾遍，學生都答「黑色」。最後她生氣地指著黑板說：「這明明是綠色，你們為什麼說是黑色的呢？」學生則理直氣壯地講：「因為它叫『黑板』哪！」

我有一位朋友最近去某公司應徵推銷員，公司規定身高要在一百七十公分以上，我這位朋友身高一百七十二公分，應當是相當夠標準的，未料面試時，卻因身高不夠而沒通過，原因是體檢單上將一百七十二誤寫為一百二十二，面試人員仰著頭打量了他一下說：「對不起，你不夠高，無法錄用。」只相信數字、名詞、表格、電腦，卻不信任自己的眼睛，大概是現代人的通病吧？

萬變的道理不過是『零』字；
大動的終結不過是個『靜』字；
最廣的境界不過是個『心』字。

打拳與繪畫

有一天，因爲起得特別早，沐著晨光到附近公園散步，這時看見一位老先生正舒展筋骨準備打拳練功。我就問：「打拳除了健身，還有什麼樂趣？」

老先生答：「我認識你，你不是學藝術的嗎？打拳也一樣，彷彿精雕，要羚羊掛角，不落痕跡；好比構圖，要有主有賓，聚散合宜；又若運筆，當緩急變化，能發能收；更同境界，當敦厚含蓄，蘊藉深沉。」

◉

我聽了有些不解地搖搖頭。老先生也不在意，便開始打拳了。

只見他拿樁站定，沉肩垂肘，含胸拔背；面容看似無所用心，卻神氣清朗，虛領頂勁。既而徐徐抬手，緩緩出足，看似無所用力，卻行雲流水，柔而不弱。突然速度轉疾，啄、喋、擒、拿、點、劃、捽、勾，看似前無所對，面空而打，卻虎虎生風，剛而不烈，虛實相濟，千變萬化。再而拳勢轉緩，出手如青蛇吐信，揚臂若白鶴涼翅，收足如雁落寒潭，出踵若古樹盤根，圓融而不見扞格之折轉，舒展而留有待發之餘勁，漸徐漸收，歸於凝止。

◉

老先生面不紅、氣不喘地走過來。我長長一拜道：

「晚生懵懂無知，今受教誨，勝讀十年書、作十年畫。萬變的道理不過是個『零』字；大動的終結不過是個『靜』字；最廣的境界不過是個『心』字。晚生有幸，總算參悟了！」

學習好比吃東西，吸收則是將食物轉化為體能。
不吃東西怎麼會有力量？不學習又如何吸收？

學習與吸收

一位在臺灣教英文的美國朋友對我說：「我覺得很奇怪，有些人花一個鐘頭上千元的代價，請我到他們家裏教英文，但是他們只是聽我講，自己卻不開口，也不背單字。他們似乎認爲語文不用學習，只要找個洋人坐在旁邊，『吸收』就可以了，這實在不可能有大進步啊！」

「『學習』跟『吸收』不是一件事嗎？」我問。

「固然不可分，但學習好比吃東西，吸收則是將食物轉化爲體能。不吃東西怎麼會有力量？不學習又如何吸收？」

整齊中的變化是變化，變化中的變化，卻可能是雜亂。

整齊與變化

有一個朋友，到紐約研究都市計畫，當他學成返國之前，我問他：「紐約市最成功的設計是什麼？」

「是那條斜斜的百老匯大道。」

我十分不解：「大家都認爲橫平豎直，棋盤式的街道最好，你爲什麼反而欣賞那斜斜的大道呢？」

「因爲斜路從棋盤中穿過，會造成許多三角形的地區，譬如『時代廣場』、『華盛頓廣場』，不但造成建築的多樣變化，而且形成特別的聚落與文化景觀。」

◉

我又接著問：「那麼紐約街頭給你印象最深的是什麼？」

又是令我驚訝的答案，他說：「是街頭表演的藝人、賣小吃的攤販和第五街的馬車。」

「這些都是可能造成髒亂的東西，你爲什麼反而特別喜歡呢？」

「因爲一個大城市所要表現的，不止是現代，而且是古典；不僅是繁華，而且是優閒；不單是整齊，而且是變化。如果一個城市只有整齊與漂亮，卻缺少它特有的氣質，絕不可能成爲偉大的城市。」

「這麼說，如果由你來參與國內的都市建設，你一定會鼓勵攤販的設置了？」我說。

「不！我會先嚴加管理，因爲先要求整齊，才能求變化。整齊中的變化是變化；變化中的變化，卻可能是雜亂。」

幻想、理想、感懷

孩子們看星星，說那是一閃一閃的螢火蟲，伸手就能摘到。

青年人看星星，說那是億萬顆星球，總有一天被人征服。

老年人看星星，說那是上帝的傑作，神秘不可窺透的宇宙。

◉

孩子們多幻想；青年人多理想；老年人多感懷。

無知的常幻想；強健的常理想；衰退的常感懷。

幻想、理想、感懷就代表著生命的三個階段。

這張畫是大家分工合作的產物，每個人的工作都是神聖的。

眾力所成

有一位朋友在看我畫畫的時候說：「我最喜歡看人作畫了，剛才還毛筆是毛筆，白紙是白紙，顏料是顏料；但經過你們藝術家的手，不要幾個鐘頭，就變成一幅幅優美的畫，這是多麼偉大啊！」

我說：「照你這樣講，世界上偉大的人眞是太多了。你看！我所用的毛筆，原來只是山間黃鼠狼的毛和水邊叢生的修竹；我所用的紙，原來只是野地裏的草及森林中的樹；我所用的顏料，原來只是地下的土石和藤黃、藍草這些植物。它們都是經過人們辛苦的採集、製作，才能成為今天的樣子；沒有他們，我根本無法畫。所以這張畫是大家分工合作的產物，每個人的工作都是神聖的。」

「現在我才知道，在這個世界當中，我也是多麼重要的一分子啊！」朋友高興地說。

取境之時，至難至險；成篇之後，有似等閒。

忍

每次遇到聰明的學生找我學畫，我都向他們強調一個「忍」字。勸他們忍自己的才氣，不要好高鶩遠，更不要讓聰明過分表露在畫面上。

聰明的學生常急於創作，而忽視技巧的訓練，造成眼高手低，心有餘而力不足。

聰明的學生常表現得乖巧，作品看來漂亮，卻流於華麗；看來瀟灑，卻帶有造作。

所以我又對聰明的學生說：「你們要學元代的趙孟頫，有唐人之緻，去其纖；有宋人之雄，去其獷。要學唐代的皎然，意趣高遠，才華內斂。取境之時，至難至險；成篇之後，有似等閒。」

對那些因為公務忙，而私人事務有所不逮、
朋友小節有所不周的人，我們是應當諒解的。

三過家門而不入

有位著名的女教育家對我說：「我只有一份力量，如果放在家庭，可以造就三個傑出的兒女；但是用在學生身上，卻能作育千萬英才。爲了對國家社會有更大的貢獻，我選擇了後者，但是許多人不了解，認爲我連一個母親都做不好，憑什麼去教育別人的兒女，實在我有自己的苦衷啊！」

◉

大禹治水曾三過家門而不入，就家庭子女而言，他誠然不夠親近，但就天下烝民而言，他卻是位救星。所以公私兼顧固然最好，但是對那些因爲公務忙，而私人事務有所不逮、朋友小節有所不周的人，我們是應當諒解的。

千秋萬歲名，寂寞身後事。

寂寞身後事

我念高中時，有位老師曾在臺上說：「最好的意見常常不會被大家接受，真正能通過的方案反倒是稍次一等的。」

當時對他的這幾句話，我相當不了解，但是進入社會，海內外跑了這麼久，愈來愈發現它的道理——

能被大多數人接受的東西，總是人們最能了解的東西，而非曲高和寡、超出一般人知識水準太多的。所以跟著群眾走的人，常是平凡人；被群眾尾隨的人，常是聰明人；遠遠走在前面，後面空了一大片，彷彿十分孤獨的，常是偉大的人。許多偉大的文學家、藝術家，在逝去多年之後，才被群眾認同，是因為直到那時候，後面的人才追上他的步子。

「千秋萬歲名，寂寞身後事」，無怪李白有如此的喟歎。

對於恩怨要能放棄，做到不徇私情、不念舊惡、大公無私。

是非恩怨

常聽人抱怨：「社會上是非恩怨太多。」我覺得這並沒什麼錯，因爲既然有事，自然有是與非；既然有人，自然有恩與怨。但重要的是我們要只問是非，不計恩怨。對於是非要分得清楚，是就是，非就非；是就做，非就拒絕。對於恩怨要能放棄，做到不徇私情、不念舊惡、大公無私。

先審度一下自己的能力再登山吧！
爬在高處也往下看看，享受一些繁忙中的快樂吧！
免得到頭來什麼都沒看到。

登山

同樣是登山，有的人一邊爬一邊駐足看山下的風景；有的人認定目標，一個勁兒地往上攀。前者雖然爬不了多高，卻頗得登山之樂；後者固然可能及時到達峰頂，享受一覽眾山小的壯闊，但也可能半途累垮，或雖然達到頂峰，卻天色已暗，什麼也見不到了。

◉

人生就像登山，有的人欲望不大，步調緩慢，雖不能有傑出的成就，卻享受了生活的樂趣。有的人理想遠大，卻能力不足，結果半途而廢，壯志未酬。又有些人雖然意志堅定，達到了理想，卻已是年老體衰，難有作爲。只有極少的人是既有遠大的抱負，又具卓越的膽識和超人的體力，能直登絕巘，看群峰拜於衽席之下，享受尺寸千里的美景。

先審度一下自己的能力再登山吧！爬在高處也往下看看，享受一些繁忙中的快樂吧！免得到頭來什麼都沒看到，卻已經不得不結束這「生之旅」了。

許多作品在我們親身經歷之後，
才能更深入地欣賞，也才能得到最大的感動。

思鄉

一位去國多年的朋友回來，我問他在國外有什麼收穫。

「最大的收穫，是我深切地體會了唐代詩人思鄉的情懷。」他說：「身在異國，特別想家。傍晚，我會有『日暮鄉關何處是』❶的慨歎。深夜，我會有『萬里歸心對明月』❷的感傷。朋友從國內來，我會問：『來日綺窗前，寒梅著花未』❸。有人回國，我會『馬上相逢無紙筆，憑君傳語報平安。』❹遇到來自祖國卻不相識的，我會講：『同是長干人，生小不相識。』❺聽到中國歌曲，我便『歸思欲霑巾，一夜盡望鄉。』❻過節，我是『獨在異鄉爲異客，每逢佳節倍思親。』❼逢年，更是『鄉心新歲切，天畔獨潸然』❽。而今『近鄉情怯』地返抵國門，許多晚輩已是『兒童相見不相識，笑問客從何處來』❾了。」

◉文藝植根於生活的土壤，許多作品在我們親身經歷之後，才能更深入地欣賞，也才能得到最大的感動。

❶見崔顥「黃鶴樓」。
❷見盧綸「晚次鄂州」。
❸見王維「雜詩」。
❹見岑參「逢入使京」。
❺見崔顥「長干行」。
❻見杜審言「和晉陵陸丞早春遊望」及李益「夜上受降城聞笛」。
❼見王維「九月九日憶山東兄弟」。
❽見劉長卿「新年作」。
❾見賀知章「回鄉偶書」。

我們的不滿與自卑，常是經過比較產生的。

殘而不障

美國有一位跳水選手最近在比賽中獲得冠軍，特殊的是他居然沒有雙臂。當記者訪問的時候，他說：「我天生就沒有雙臂，但在孩童時，我一直都沒覺得缺少什麼。直到上學，看見大家都用手做事，才感覺自己是個殘障。」

我們的不滿與自卑，常是經過比較產生的。如果世界上每個人都沒有雙臂，相信大家會跟那位跳水選手小時一樣，不覺得有什麼不便。相反的，如果把我們從小就放到一個長四隻手臂的外星人世界，恐怕相形之下，又要自覺殘缺了。

身心障礙的人哪！如果你不跟別人比，就不會覺得自己少了什麼。

正常的人哪！如果你去跟殘障的人比，就會覺得自己多了一些。

前人的小問題，常成為後人的大困難。

毒蛇

某日，我碰到一位捕蛇專家，就向他請教：「在爬山時如果遇到蛇，而看不清蛇頭，要怎麼判斷牠是否有毒？」

捕蛇專家說：「看到你來，立刻倉皇遁去的蛇，八成沒有毒；如果它只是把前半身鑽進草叢，尾巴卻留在路上，一副要走不走的樣子，則必須小心，八成是極毒的蛇，最好躲著它。」

「如果是許多人一起爬山，走在後面比較不會被蛇咬，對不對？」我又問。

「你錯了！」捕蛇人笑笑：「反比帶頭的人更危險。因爲當第一個人走過時，毒蛇還沒反應過來；等牠做好攻擊準備，遭殃的正是後面的人。」

就因為牠們孤獨，才會唱出悅耳的歌聲。

文章憎命達

我有一天到一位愛鳥成痴的教授家，發現大部分的鳥都是成雙成對，只有畫眉、百靈和金絲雀孤零零地，就好奇地問：「爲什麼不讓牠們也成雙成對住在一塊兒呢？」

教授笑道：「你一定讀過王陽明的瘞旅文、韓昌黎的祭鱷魚文、屈原的離騷、司馬遷的史記、杜甫的詩和李後主的詞吧？如果他們不遭貶逐、不受刑罰、不窮困、不失國，高官厚祿，既富且貴，能留下這許多傳世不朽的作品嗎？這些鳥也一樣，就因爲牠們孤獨，才會唱出悅耳的歌聲，如果成雙成對地住在一塊兒就不會叫了，所以我這樣做，不是殘忍，而是磨鍊呀！」

杜甫說：「文章憎命達。」歐陽修言：「詩窮而後工。」廚川白村講：「文學是苦悶的象徵。」大概都是相同的道理吧。

別人愈是讚美我們，我們愈當自我反省，
以創造更高的成就。

約稿

一位名作家說：「我平生最怕報社或雜誌的主編約稿。因爲主編既然是約稿，拿到手即使不好，也不便退，結果我爲朋友製造了困擾，自己還不知道。又因爲主編是熟人，不好意思指摘作品中的缺失，自己更無法改正。」

另一位名畫家也對我講：「自從我成名之後，即使隨意塗抹的作品，別人也叫好。有時明明自己不滿意，問朋友，大家還是頻頻讚美，一個勁兒地點頭，使我無所適從，不知道自己是眞好，還是假好。」

人在成名得勢之後，更是自己應當戒愼的時刻。別人愈是信任我們，我們愈當守信，以獲得更多的信賴；別人愈是讚美我們，我們愈當自我反省，以創造更高的成就。

勞碌久了能夠休止一下，喧囂久了能夠寧靜片刻，都是一種享受。

睡眠與長眠

雖然人人都喜歡睡覺，可以宰予晝寢，東床高臥，睡得日上三竿還不起床，卻沒有人希望享受比睡眠更安穩、更持久，且永遠不會被打擾的「長眠」。這是因爲睡眠還有醒的時候，醒後又能恢復活動。至於死亡，則一睡不起，永遠靜止，再也不能生活了。

◉

同樣的道理，勞碌久了能夠休止一下，喧囂久了能夠寧靜片刻，都是一種享受。但是如果休止太久，就顯得死氣沉沉了。

只知大膽而不小心，是有勇無謀；
只知小心，卻不大膽，常難有創造。

膽大妄為

我們常罵人「膽大妄爲」，我認爲膽大妄爲的不好，不是「膽大」，而在「妄爲」。有時候正需要膽大才能獲得突破性的進展，但是如果只知大膽地發，卻不會小心地收，就要不得了。

所以科學家除了大膽地假設，更得小心地求證；藝術家除了大膽地下筆，更得小心地收拾；軍人除了要大膽地攻擊，更得小心地計畫。

只知大膽而不小心，是有勇無謀；只知小心，卻不大膽，常難有創造。兩者兼備，才能成功。

對於貢獻而言，卅五絕不是七十的一半。

卅五不是七十的一半

一個年輕人到醫院看病，醫生診察之後，嘆口氣：「如果你再不注意保養身體，恐怕活不過三十五歲。」

沒想到年輕人一笑：「如果人平均活七十歲，三十五歲也有一半，不算太少了。」

醫生立刻板了臉：「對，三十五歲確實是七十歲的一半，但這只是對你個人而言，對社會來說卻差得太遠了。你想想，在二十歲之前，吃父母的、穿父母的，哪一樣不是取自家庭，你可曾對社會有什麼貢獻？所以你即使活了三十五歲，扣掉前二十年，眞正能夠還報社會的，頂多只有十五年。但是如果你活了七十歲，則能爲社會貢獻五十年的力量，這之間不是相差太遠了嗎？所以對於貢獻而言，卅五絕不是七十的一半。好好保養身體，多活幾年吧！」

收與發

某日我有急事要上陽明山，就攔了一輛計程車坐上去，沒想到司機聽說我要到陽明山，立刻把車子停下來。我吃驚地問：「你為什麼停車啊？是不是不想去？」

「對不起！先生！我只是檢查一下，馬上就好。」司機笑道。

等他檢查完畢，車子發動，我半開玩笑地問：「你剛才在檢查什麼？是不是怕馬力不夠，爬不上去啊？」

「我是檢查煞車系統，如果到下山的時候，才發現煞車失靈，豈不就晚了嗎？所以我不怕沒有力量衝，只怕沒有力量停。不能發，還沒什麼；不知收，危險就大了。」

如果你要勸一個人不醉，防一個人發瘋，
就該在他清醒的時刻警告他、疏導他。

醉與瘋

很少有酩酊的人會承認他們醉了，也極少有精神病的患者認爲自己瘋了。儘管他們步履蹣跚，言行乖謬，但當你對他們說「你醉了！」「你瘋了！」的時候，他們都要矢口否認。這是因爲他們已經醉了，已經瘋了，醉得不覺自己的醉，瘋得不知自己的瘋。

所以如果你要勸一個人不醉，防一個人發瘋，就該在他清醒的時刻警告他、疏導他。等到他已經帶有三分醉意，幾分錯亂，再圖挽回，就難上加難了。

存在不單是為自己一個人，死亡也不能一了百了。

人壽保險

有位保險公司的職員對我說：「絕不能向單身漢推銷人壽保險，因爲他們多半會回你一句：『保壽險幹什麼？我死了，賠錢又有什麼用？』但是相反地，對於那些已經結婚，孩子還小的夫婦，推銷保險就容易多了。」

「爲什麼婚前婚後有這麼大的改變？」我問。

「因爲他們意識到存在不單是爲自己一個人，死亡也不能一了百了。」

就飲食而言，要吃得夠，不必吃得飽；
要量出為入，不必量入為出。

量出為入

某次我訪問一位九十高齡的老先生，請教他長壽的飲食之道。

老先生說：「就飲食而言，要吃得夠，不必吃得飽；要量出爲入，不必量入爲出。」

我不解，請他進一步解釋。

老先生笑笑：

「許多人吃飯，總要到飽得撐不下去，才覺得心安，卻不想想自己的消耗量有沒有那麼多，結果不但多吃的是浪費，更增加了身體的負擔。這就好比，只爲了有口袋，不考慮需要，便總是裝滿東西；只爲了有原料，不考慮機器的力量和市場的需求，就一個勁兒地生產。到頭來，口袋當然容易破，機器也自然容易壞。」

必須四德俱備，才能成偉大的事業。

四德

古人說筆有「尖、齊、圓、健」四德。「尖」是筆鋒要尖；「齊」是筆毛要齊；「圓」是筆腹飽滿；「健」是筆力勁挺。尖而不齊表示筆鋒貧乏；齊而不尖表示毛不完整；圓而不健表示品質不佳；健而不圓表示力量不均。所以必須四德俱備，才是好的毛筆。

我認爲筆的四德也可以形容人——

尖是專精；齊是廣識；圓是敦厚；健是風骨。專精而不廣識，難有大的創造；博學而不專精，力量便難集中；敦厚而無風骨，則易頹；勁拔而不敦厚，便易折。必須四德俱備，才能成偉大的事業。

利用人愛新奇、貪便宜心態賣的東西，
就叫『即興貨物』。

即興貨物

我有位朋友，大學畢業之後，沒找到固定工作，居然在街上擺起地攤來了，而且收入相當不錯。某日我問他：「你賣的都是些什麼東西呀？」

「彩色海報、字紙簍、筆筒等等，東西相當多，也經常在變，不過我把這些東西總稱爲『即興貨物』。」

「即興貨物？」我不解地搖搖頭。

「對！這種玩意只適於擺地攤，它的品質不必好，但樣式要新，看來要花俏，價格要便宜。當你路過時看到，再問問價錢，就會有買的衝動。而且路邊燈光不好、人群吵雜，你一定不及細察，所以東西有毛病照樣能賣。這種利用人愛新奇、貪便宜心態賣的東西，就叫『即興貨物』。」

只知死守當初的構想，是固執不通，
難免因不合時宜而失敗。

隨時修正

講究的裁縫，雖然量身時已經細細記錄尺寸，但總要先做出個大概的樣子，請顧客去試裝，覺得處處合身之後才敢定樣。

氣象局在每週初，都會預報整個禮拜的天氣，但是在這一週當中的每一天，還要再報告對次日的預測。這是因爲每週的預測是針對整個時段變化與當時天氣情況所做的推想，而此後的每一天因爲臨時狀況的改變，往往要修正前時所報，並做更精確的判斷。

同樣的道理，我們做一件事情之前固然要擬定通盤的計畫，但是在事務進行之中，由於主觀及客觀情勢的改變，也當對原計畫不適宜處加以修正，並做更細節的討論。如果只知死守當初的構想，是固執不通，難免因不合時宜而失敗了。

孝順先要「順」，順遂父母的心願、不違他們的理想。

人生的接力賽

有一個剛到美國念書不久的學生對我說：「我不想念了，因為我覺得父母在國內好可憐，他們把我撫養大，卻又讓我出來留學，我應該回去陪在二老的身邊才對。」

「你真孝順！」我問：「當初是你自己執意要出國，還是父母也鼓勵你留學呢？」

「他們鼓勵我，而且供給我在美的一切費用。」

「那麼你應該把書念完再回去。」我說。

「可是他們太孤單了啊！」

「當你參加接力賽跑，別人把接力棒交到你的手上時，你會認為那是他辛辛苦苦傳下來的棒子，而捨不得跑，還是應該努力向前衝？」我說：「人生像接力賽，就因為上一代總能無私地將棒子交出去，且鼓勵下一代向前衝，人類歷史才能如此輝煌。孝順先要「順」，順遂父母的心願、不違他們的理想，然後以這實現的理想去回報。如果你能在學成之後返國，不是既能報效國家，又能欣悅雙親嗎？」

他聽從了我的建議，並以一年半修到碩士學位返國。

判斷以明理，診視以知病，治療以改正。

學習、審判、診療

我們日常所用的詞彙，許多是由代表不同意思的字組成。譬如「學習」，「學」是研求，「習」是練習；「審判」，「審」是詳視，「判」是判斷；「診療」，「診」是診察，「療」是治療。這些詞如果拆開來沒有什麼大不了的意義，合起來就相當深刻了。

◉

唯有博學以廣識，勤習以服膺，詳察以知微，判斷以明理，診視以知病，治療以改正，才能成功。

人總是有得愈多，愈不知把握；
見得愈多，忘得愈多；愈富有，愈不知足。

盲者的回憶

有一位盲人告訴我，他是在四歲時因病失明的。

「可惜那時你才四歲，什麼也記不得。」我說。

「不！我記得非常清楚。父母的笑、花朵的紅、樹葉的綠、陽光的金黃，直到如今還清清楚楚地印在我的腦海。每當我消沉的時候，就會想：比其他盲人，我不是還幸運得多嗎？他們大部分從來就不知道世界是什麼樣子，我卻擁有那麼美好的回憶。雖然短暫，已經足夠我享用了。」

這位盲人只看過四年，便記得那麼多，且知道珍視。我們看這個世界十四年或四十年，又獲得了多少？咀嚼了幾許？滿足了幾分？

唉！人總是有得愈多，愈不知把握；見得愈多，忘得愈多；愈富有，愈不知足啊！

我相信這張卡片所到之處，必有許許多多的子女，謝絕外面的約會，趕回家中。

一張卡片

母親節前夕，我收到了一張小小的卡片，上面只印著簡單的幾行字：「母親節就要到了，在你忙碌當中，請別忘記，向您偉大的母親，致上最衷心的祝福與感謝。」讀到這兒，我趕緊翻了一下案頭的日曆，才驚訝地發現，母親節就在眼前了。

這張只以單色印刷，並不顯眼的小卡片，意義是多麼深長啊！它寄自南部一所教會學校，學生以他們的零花錢印製，並送給社會大眾。他們把母親節的消息告訴大家，把自己對母親的愛傳達給群眾；他們提醒做子女的人，在這一年一度偉大的日子裏，向母親獻上祝福與感謝。

我相信這張卡片所到之處，必有許許多多的子女，謝絕外面的約會，趕回家中；必有千萬母親含著愉快的淚水，品嚐愛的佳釀。

外界的寧靜容易，心靈的寧靜困難。

靜坐

有個朋友，最近在修習靜坐。

有一天，我問他有什麼心得。

「甭提了！我不學了！」朋友回答。

「爲什麼？有困難嗎？」我說。

「因爲我連靜坐的第一步都辦不到。」他搖搖頭：「老師叫我們閉上眼睛，從一數到十，在這個過程當中，除了數字之外，什麼都不准想。」

「這不是很容易嗎？」我說。

「天知道！我原來也這麼想，可是沒數一下，許多雜念就溜進腦海，愈想拒絕，愈來得洶湧，連日常生活的一點瑣事，都會打破我內心的寧靜。」

◉ 外界的寧靜容易，心靈的寧靜困難。眞沒想到，只從一數到十，這樣短短的寧靜，都難以獲得，可見我們的心，平常有多麼吵雜了。

假皮做得太好，所以看來像真的；
真皮又因材料太細，所以彷彿是假的。

真假難分

某日我去選購皮鞋，發現看來摩登的，很便宜；彷彿塑膠皮的，卻極貴。就問老闆：「爲什麼眞皮的便宜，假皮的反倒貴呢？」

老闆把那兩雙鞋拿到我面前說：「您弄錯了！便宜的這雙是假皮，貴的這雙才是眞皮。只因爲假皮做得太好，所以看來像眞的；眞皮又因材料太細，所以彷彿是假的。」

「爲什麼會有這種滑稽事呢？」我有點不相信地說。

「因爲假皮是模仿眞皮做的，連皮上的紋路、毛孔都壓出來，所以能夠亂眞。而這雙眞皮皮鞋的材料是最好的小牛皮，柔軟細膩而光滑，所以看來倒像是塑膠製的了。」老闆回答。

「照這樣說，眞皮和假皮還有什麼分別？假皮足可取代眞皮了。」我講。

老闆立刻叫了起來：

「哪裏！差得可遠了，眞皮透氣，假皮不透氣；眞皮吸汗，假皮不吸汗，一穿就知道了。」

當我提著那雙眞皮皮鞋走出店門的時候，老闆又笑嘻嘻地走過來，似乎叮囑地對我說：

「選皮鞋就像選朋友，儘管看來眞假難分，甚至假得亂眞，眞的似假，但是只要一交往就知道了。」

不做不對

我在成功嶺受訓的時候，同連有位弟兄，假日大家都外出遊玩，他卻獨自悶在營裏。許多人問他原因，他都不說，直到有一天連長問，他才表示：「我不是不希望出去，實在是因爲外面有許多軍紀糾察，惟恐自己不小心，少敬了個禮，或忘扣一個釦子而被登記，有損連的名譽。」

連長聽了之後說：「你這種愛護團隊名譽的想法當然不錯，但是軍人就要有冒險犯難的精神，如果事事消極，又怎麼主動出擊呢？所以我們不能逃避現實，更不能等待機會，而應該創造優勢；別想不做不錯，而要想不做不對。」

昧於實際，惑於表面，而去取失當，這是人們常犯的毛病。

買櫝還珠

我在紐約有一位極擅於經營房地產的朋友，不過幾年間，靠著轉手買賣和出租，就賺入了百萬美圓。

某日我跟他去看房子，兩棟都在高級地區，格局也不錯，但是先看的一棟，有著滿園的玫瑰，厚厚的地毯、深垂的錦帷，和華麗的壁紙；後一棟則庭院荒疏、窗帘老舊，多半的房間都是地板，牆壁也不過粉刷而已。

看完之後，朋友問我覺得哪一棟好。

「當然是前一棟！」

「你錯了！」他笑笑：「前一棟雖然漂亮，但是天花板有裂紋，可以猜想牆壁上可能也有，才會造成錯動，只是由於壁紙蓋著，見不到；此外那地毯雖厚，但走上去有些聲響，如果拆開地毯看，不是地板有木條彎屈的現象，就是下面的主架有問題；再來，那地下室的牆腳都略略現出水印，可見下大雨時，可能會由地下滲水，所以絕不能買。倒是後面那棟雖然裝潢不夠講究，材料卻都實在，只要花點錢爲它打扮打扮，就跟新的一樣。」他拍拍我的肩膀：

「不要被眼前的華麗所迷惑，買房子，要抬頭看，看那單調的天花板；更要低頭看，看那毫無意思的牆腳。因爲你買的是『房子』，不是『裝潢』；你要的是『久安』，不是『暫時』。這就好比你買畫，不會因爲那畫雖好而未裱，便不買；更不會因爲裱裝好，雖然畫不怎麼樣，也把它買下來。不可『捨本逐末』，買畫、買房的道理都一樣啊！」

要特別照顧那些貧苦卻有心向上的學生，
更得悉心哺育下一代，使他們成長茁壯。

養花與養人

有一天我下班較早，看見鄰居老先生正在整理花架。起初只見老先生拿著剪刀，走向一盆繁茂的花，細細轉動審視之後，突然連下幾刀，剪去許多看來非常漂亮的枝條。接著老先生又端來另外一盆，而且連看都沒多看兩眼，就把花連根拔起，除掉附帶的泥土，再植入另一盆。我正不解，老先生又從裏面提了一壺水出來澆灌，妙的是他不但澆那些枝葉茂盛的盆栽，而且對於一些看來只有泥土，或略見兩三枯枝的花盆，更是特別照顧。

◉

老先生澆完花，總算工作告一段落，我就趁機發問：「您剛才的這些做法，我眞有點不懂，起初一盆好好的花，硬是剪幾刀，不是很不盡人情嗎？接下來翻泥、換土、移盆，不是多此一舉嗎？最後連些枯枝乾土也要澆水除草，不是毫無意義嗎？」

老先生笑笑：「你們年輕人最大的毛病，就是只看表面，不多思考。養花就好比養人啊！對於那些看似繁茂，卻生長錯亂，不合規矩的花，一定要狠狠地修剪，免得它們歪斜雜亂，將來才能發育良好。這就好比收斂年輕人的氣燄，將他們導入正軌一樣。接著我換土疏根，目的是使植物接觸沃壤。這就好比要孩子追求上進，離開不良環境，求取更高的學問。至於澆花，我之所以特別照顧枯枝，實在是因爲那些植物的枝子，看來已死，卻蘊有生機；泥土中更埋有種子，等待發芽。這就好比教育，要特別照顧那些貧苦卻有心向上的學生，更得悉心哺育下一代，使他們成長茁壯。你說，我剛才的做法，那一項是沒有意義的呢？」

我恍然大悟地說：「怪不得柳宗元講『問養樹，得養人術』了！」

如果你感到力不從心，遭到節節挫敗，就叫一次暫停吧！

暫停

在棒球場上，碰到投手不穩、守備疏忽的情況，教練要叫暫停，以求安定軍心，鼓舞士氣。

在籃球場上，遇到陣腳混亂、頻頻失分的情況，教練也要叫暫停，爲的是指導戰略，穩定情緒。

在人生的戰場上，如果你感到力不從心，遭到節節挫敗，也就叫一次暫停吧！讓自己享受可貴的寧靜，整理雜亂的思維，重新計畫、重新武裝。這短短的暫停在漫長的人生中算不得什麼，卻可能使你扭轉頹勢，恢復信心，再度出發。

但要注意，叫暫停的次數不可太多喲！否則就違規了！

我們做任何事，都得認清先後、緩急和輕重啊！

先後、緩急、輕重

某人家裏晚上突然停電，他只記得火柴放在什麼地方，卻忘記了蠟燭的位置，他心想雖然火柴伸手就可以拿到，但是沒有蠟燭也無用，所以不先找火柴，而到處摸索蠟燭，結果在黑暗中摔一大跤，進了醫院。

◉

有位電視記者準備報新聞，當他整好新聞稿，發現播出的時間已經到了，於是以賽跑的速度衝進五十公尺外的播報室，雖然他及時趕到，卻因爲上氣不接下氣，等了許久才能開始播報。

◉

有一位主婦炒菜時油鍋起火了，她趕緊跑到鄰居家打電話給消防大隊。結果本來自己就能撲滅的小火，卻因爲這一耽擱，變成大的火災。

◉

以上這三者的做法，似乎都沒什麼大錯，但是如果第一個人能先找火柴照亮，再找蠟燭，不是方便得多嗎？那位記者如果能用走而不跑，雖然或許會慢幾秒鐘，卻能一到就開始播報，不是更省時嗎？那位主婦如果能先盡力撲救，不是火災根本就不會發生了嗎？

我們做任何事，都得認清先後、緩急和輕重啊！

因為他們的儲蓄遠超過他們的需要，
所以雖然被取走不少，仍然可以維持生存。

蜂蜜

你吃過蜂蜜嗎？
「吃過。好吃極了！」
你可由其中得到什麼啓示？
「還會有啓示嗎？」
那麼讓我問你。你知道蜂蜜是怎麼造的嗎？
「那是蜜蜂採集花粉釀造的。」
一隻蜂每次能採許多嗎？
「不能。」
花都離蜂巢很近嗎？
「不一定。」
你知道我們所吃的一瓶蜜，需要多少隻蜂，飛多遠的路，花多少時間才能釀造出來嗎？

「不知道，但想必很不簡單。」

你知道這些蜜是誰取出來供應市場嗎？

「是養蜂人從蜂巢中取出的。」

蜜是蜂的食糧，牠們的蜜被取走，是不是都會餓死？

「沒有。」

爲什麼？

「因爲他們的儲蓄遠超過他們的需要，所以雖然被取走不少，仍然可以維持生存；而且養蜂人不會取盡，總要給牠們留下一些。」

以上許多答案，就是蜂蜜給我們的啓示。

老農看著我笑笑：「難道作學問不要深耕嗎？」

深耕

有一年冬天，我到鄉村寫生，在田埂上遇到一位老農，正準備下田，我就問：「請教您，想要豐收，第一件該做的是什麼事？」

「深耕。」老農回答。

「深耕？」對這簡單的兩個字，我一時沒能了解。

「對！深耕！就是早早下田，把泥土深深地犁起，這樣土壤會變得鬆軟而均勻，更由於泥土整個翻過來，接受了太陽的曝曬，而能減少病蟲害。」老農嘆口氣：「我最看不慣現在一些年輕人，他們總說不急，直到要插秧，才匆匆下田，淺淺犁土，然後猛施化肥。時間久了，土壤和化肥結成硬塊，整個田地都被破壞了。」老農看著我笑笑：「難道作學問不要深耕嗎？」

女人有三從，男子最少也相對地有三種責任。

三從

「許多中國的舊禮法對女人不公平！譬如『三從』，在家從父，出嫁從夫，夫死從子，好像女人一輩子就得『從』，男人卻沒有類似的約束。」一個女學生抱怨。

「妳爲什麼不相對地想想呢？女人在家從父，做爲一個父親不是就得好好管教子女嗎？女人出嫁從夫，做爲一個丈夫，不是就得好好保護自己的妻子嗎？女人夫死從子，一個男孩不是就得負起家庭的責任，孝養母親嗎？所以女人有三從，男子最少也相對地有三種責任，不能負這些責任的男人，根本沒有資格把『三從』掛在嘴上，去要求女子啊！」我說。

即使舊夢真正地重新出現，
那作夢的我們，也已經不再是原來的自己。

難溫舊夢

常聽人在某些留戀的時刻感慨地說：「把握此刻，因爲它一去，便再也不會出現了！」問題是，這世上哪一刻不是如此呢？時光不斷在推移、宇宙不停在變化、人們時刻在老去，哪一個明天會等於今天，甚至哪一個下一分鐘，會等於現在呢！

◉

有了這種認識，我們走在街上，可以對自己說，珍視你看到的每一個路人、每一幕景象吧！因爲極可能你一生只能遇到他一次，而且可以肯定，每一幕景象，是再也不會完全相似地重現了。

人生如夢，在這夢中我們永遠無法重溫舊夢，即使舊夢眞正重新出現，那作夢的我們，也已經不再是原來的自己。

如果有狂傲剛愎、不卑不亢和怯懦保守的三個人由你提拔，你會選擇那一位？

鉛球與稻草

如果我拿出一個鉛球、一小塊石頭和一根稻草讓你擲遠，你會選擇哪一個？

當然是石頭！因爲鉛球太重，稻草太輕；太重的擲不動，太輕的又使不上力氣，只有重量適中、體積不大的石頭能擲得最遠。

◉

如果有狂傲剛愎、不卑不亢和怯懦保守的三個人由你提拔，你會選擇哪一位？

當然是不卑不亢的，因爲前者用不動，後者扶不起，只有中間那個，不重不輕，「分量」恰當。

對於那些心有旁騖的人，要剪枝；
對於那些衝動莽撞的人，要摘心。

剪枝與摘心

在園藝上有所謂「剪枝」與「摘心」。剪枝是將側面不必要的枝子剪去，使主枝發育茁壯，開出較大的花朵，譬如菊花。摘心則是將一味伸展的主芽摘去，使側面的枝芽發育，生出更多蓓蕾，譬如康乃馨。

●

我認爲教育也有所謂剪枝與摘心——

對於那些心有旁騖的人，要剪枝，使他們能潛心專志、認定目標；對於那些衝動莽撞的人，要摘心，使他們能隱忍沈潛，有更大的成就。

上陸橋固然費力，下行卻很輕鬆，
走地下道開始固然省力，後來還是要往上爬的。

朝三暮四

某慈善團體爲了學生安全，決定捐一座人行陸橋給某大學。沒想到校長聽說之後，居然表示反對，認爲要設就設地下道，因爲據他觀察，學生都不願意上陸橋，而喜歡走地下道，所以設人行陸橋用處不大。

慈善團體不解地問：「陸橋的階梯和地下道差不多，走起來花一樣的力量，爲什麼學生喜歡走地下道，卻不願意過陸橋呢？」

校長答：「因爲陸橋是先上後下，地下道則是先下後上，學生看到陸橋要費力往上爬，就懶得走了；看到地下道是輕鬆地向下行，則樂於通過。他們卻不想想，上陸橋固然費力，下行卻很輕鬆；相反的，走地下道開始固然省力，後來還是要往上爬的。」

一家店裱了你幾百幅畫才錯一張，並不算多。

得人難　失人易

我的畫向來都交給同一家店裝裱，甚至送朋友的也介紹到那裏去。就因爲這家裱畫店已經做了我十幾年的生意，東西送去，無需講價，到後來絕不會多算；有時我工作忙，裱畫的材料顏色也不必挑選，老闆自然會調配得令我滿意。但是沒想到有一次，因爲老闆到南部探親，而由徒弟下手，竟然把我最喜歡的一幅畫裱壞了。知道之後，我氣得整夜睡不著覺，準備老闆一回來就找他算帳，以後再也不去那裏裱畫。

但是當我向母親訴苦時，她老人家卻說：「一家店裱了你幾百幅畫才錯一張，並不算多。你跟他交往這麼久，如果只爲了一次不如意就換地方，未免不盡人情。而且你的好惡老闆都已經了解，如果突然換一家，又能保險不生問題嗎？」

聽了母親的話，我的火氣很快就平息了，此後每當碰到朋友間有不愉快，我都會想到那天她老人家說的：

「得人難，失人易。」

就因為是下小雨，才容易出事啊！

大雨與小雨

某日我坐計程車去辦事，一路上看到三起車禍，當時外面正下著霏霏小雨，我就自言自語地說：「下這樣小的雨，還要出事，如果大雨滂沱還了得嗎？」

沒想到司機回頭一笑：

「就因爲是下小雨，才容易出事啊！」

「難道大雨反倒好些嗎？」

「當然，因爲下小雨時，街上的人都冒著雨亂衝，加上路面的塵土跟雨水混在一塊兒，變得特別滑而不易刹車，所以容易出事。至於下大雨，行人多半躲在屋簷下，即使在街上走也一定撐傘，不可能頂著一張報紙亂跑，路上的塵土又被大雨沖得乾乾淨淨，路面與輪胎的摩擦力加強，心理的警覺性更因爲大雨而提高，自然不易出車禍。」

「對極了！」我服氣地說：「就身體而言，秋天比冬天容易受寒；就世局而言，風雨飄搖，可能比波濤洶湧還來得危險，大概都是相同的道理吧！」

不求精確、馬馬虎虎的毛病，實在害了中國人。

人人會蓋

「蓋」這個字的流行，不知起於何地，出於何口，但是既然風行起來，「亂蓋」、「蓋仙」就一下子滿天飛，年輕人幾乎人人會用「蓋」，也人人會「蓋」。

◉

細究起來，「蓋」這個字的來頭可大了，在古文裡，它可以做沒啥意思的發語詞，如「蓋聞王者，莫高於周文」。又可以當動詞，做「遮覆」解，如「欲蓋彌彰」。更可以做傳疑詞，當「大概」來講，如「蓋天下萬物之萌生，靡不有死」、「蓋然論」等等。總之，「蓋」這個字，就有那麼不太肯定、幾分遮掩的意味，所以現今年輕人把它當「吹牛」來用，確實再恰當不過了。

在古文當中，用「蓋」的地方眞不知道有多少，即使是可以肯定的事，也要寫「蓋」，似乎一用帶有疑問性的「蓋」，就算說錯了也可以不必負責；這種不求精確、馬馬虎虎的毛病，實在害了中國人。

所以爲了科學化、現代化，爲了正心誠意、光明坦蕩，爲了求實際、講精確，我們必須少用「蓋」字，眞正做到「少蓋」！

如果能「保持距離」，
屋後那畦菜圃，籠中那些雞鴨，就都變得美了。

美感距離

某年冬天，跟幾個朋友去賞梅花。只見傲霜冬枝勁挺，盈盈玉蕊如裁。有人高興地吟道：「疏影橫斜水清淺，暗香浮動月黃昏」。有人唱著：「冰容玉艷膩瓊枝，寒梅先報東君信」。這時突然有人道：「殘梅最宜熬粥吃，落葉仍好當香燒，咱們摘點回去下酒吧！據說梅花可以做『暗香湯』，風味絕佳呢！」於是大家你一言，我一語，桂花湯圓、茉莉香片、玫瑰月餅，一切與花有關的食物全出籠了，把原有賞梅的氣氛破壞得一乾二淨。

◉

藝術的欣賞是需要距離的，與實用的想法相差愈遠，愈能得到純粹的美感。所以看到麻雀的圖畫，我們會覺得生動美麗。但是見到眞的麻雀，卻可能想去抓幾隻烤來吃。這是因爲畫不能吃，而與我們距離較遠的緣故。

由於我們總愛以實用的眼光看面前的事物，眞不知錯失多少美。如果能「保持距離」，屋後那畦菜圃，籠中那些雞鴨，就都變得美了。

我們學習時，在「是什麼」之後，
總應該深一步想：「為什麼」。

是什麼與為什麼

我有一位朋友正在教小學，她說她班上有幾個天才兒童，我就問：「妳認爲天才兒童跟一般學生最大的差別在哪裏？」

「很簡單，普通學生通常都問『是什麼？』聰明的學生則愛問『爲什麼？』」她說：「譬如教到『四季』，對於普通學生你只要告訴他一年有春夏秋冬四季就成了。對於天才兒童卻非把四季更替的道理講出來不可。這是因爲普通學生只要知道大概，天才學生卻希望深入了解。」

沒想到一字之差竟然有這許多不同。所以我們學習時，在「是什麼」之後，總應該深一步想：「爲什麼」。

一朝公害殺死了所有的植物，恐怕我們也將難以生存。

植物與動物

如果這世界上沒有了植物，動物馬上就難以生存，因爲動物雖生存於地球上，卻難從泥土中吸取養分，眞正作爲動物與土地的媒介者，總是植物。

於是蜜蜂採花釀蜜，塗上了我們的麵包；牛吃草，產生乳，進入了我們的杯子；雞吃穀子長大，成爲了我們的佳餚。若沒有花、草、和穀子，我們從何來那許多動物的美味呢？

所以在科學飛速進步的今天，維持生態的均衡，仍是不可忽視的課題，一朝公害殺死了所有的植物，恐怕我們也將難以生存。

如果他沐我以和煦的陽光、溫柔的清風，
我必還以萬頃碧波，一張笑臉。

海的獨白

我是海，一個多情的少年，海鷗是我片片的飛吻，海平線是我的琴弦，月亮是我的戀人，她對我灑下愛的銀輝，我便潮來汐往，夜夜難眠。

我是海，有人稱我爲不良少年，只因爲他不懂愛的教育，才覺得管我是那麼困難。他用陰霾的臉孔對待我，以風雨的咆哮斥責我，我當然要洶湧沸騰，彷彿瘋癲。如果他沐我以和煦的陽光、溫柔的清風，我必還以萬頃碧波，一張笑臉。

我是海，如果你是醜陋的岩石，我便要呼嘯吶喊、驚濤裂岸。如果你是溫柔的浴場，我便爲你築起更細、更長、更軟的沙灘。

未盡善的作品，倒不如暫時擱置，
深思熟慮，細細研究之後再推出。

釦子

某日在街上遇到一位朋友，閒話時，無意間發現他有一個衣釦搖搖欲墜。我就提醒他：「你的衣釦有可能會掉，回去得釘一釘了。」沒想到他一把就抓下了那個釦子，並放入衣袋。

「缺個釦子，不是很難看嗎？其實它還可以維持一段時間，你何不回去再拿呢？」我問。

「如果在外面掉了怎麼辦？與其暫時好看而將來後悔莫及，不如暫時沒有。」

穿衣服如此，爲人處世不也這樣嗎？爲了趕時間、充場面，而冒險公布不成熟的計畫、未盡善的作品，倒不如暫時擱置，深思熟慮，細細研究之後再推出。

學問要裝在腦子裏，而不是塞在書架上。

孔子讀易，韋編三絕

一位老教授到學生家，發現書架上每本書都乾淨如新，就好奇地問學生：「難道這些書你都沒讀過嗎？爲什麼都這麼新呢？」

學生回答：「我看書時一定非常小心地翻，惟恐弄髒，即使有必要也盡量不在書上寫字，因爲這樣的書，別人看起來比較新，也比較好看。」

老教授笑道：「你沒聽過『孔子讀易，韋編三絕』的故事嗎？讀書是爲治學而非爲藏書；買書是爲給自己看，而非讓別人欣賞。把書看破，卻能裝進腦海，遠比把新書放在架子上有道理啊！」

枕上詩篇閒處好，門前風景雨來佳。

行到水窮處 坐看雲起時

王維在〈終南別業〉裏的「行到水窮處，坐看雲起時」，是自古以來畫家最愛描繪的境界。而我，除了喜歡以這兩句詩入畫之外，更愛反覆吟詠，咀嚼其中的哲理。

當我們紛忙勞碌，事業順利，左右逢源的時候，往往並不快樂，因為我們沒有寧靜，不知休止，更不能體會閒適的美。只有等一朝勢落成春夢，彷彿行到水窮處，才將俗務拋開，坐下來，靜觀煙嵐雲影幻化的美。

李易安病中曾寫過這樣的句子：「枕上詩篇閒處好，門前風景雨來佳。」不也是在不得意處得「意」嗎？

沒有理想，沒有創造，沒有前途，逐漸腐化，
這種心靈的煎熬，要比上刀山下油鍋的皮肉之苦，
更令人受不了啊！

天堂與地獄

某人死後，靈魂來到一個地方，當他進門的時候，司閻對他說：「你不是貪吃嗎？這裏有得是東西隨你吃。你不是貪睡嗎？這裏睡多久也沒人打擾。你不是愛玩嗎？這裏有各種娛樂由你選擇。你不是討厭工作，不喜歡受拘束嗎？這裏保證沒有事做，更沒人管你。」

◉

此人於是高高興興地留下來。吃完就睡，睡夠就玩，邊吃邊玩，但是三個月下來，他漸漸覺得有點不是滋味，於是跑去見司閻：

「這種日子過幾天倒還不錯，但是時間長了，不見得好。因爲玩得太多，我已經提不起什麼興趣；吃得太飽，使我身體不斷發胖；睡得太久，頭腦又變得遲鈍，您能不能給我一點工作，早晨催我起床啊！」

司閻搖搖頭：「對不起！這裏沒有工作，更沒人催你早起。」

◉

又過了三個月，這人實在太難受了，於是他又跑到司閻面前哭訴：「這種日子我實在受不了了，如果你再不給我工作，我寧願下地獄。」

「你以爲這兒是天堂嗎？這裏本來就是地獄啊！」司閻大笑道：「它使你沒有理想，沒有創造，沒有前途，逐漸腐化，這種心靈的煎熬，要比上刀山下油鍋的皮肉之苦，更令人受不了啊！」

我事事為家著想，但要明白覆巢之下無完卵的道理。

偉大與平凡

我曾經問一個朋友：「你願意做偉人轟轟烈烈地活著，還是願意做平凡人簡簡單單過一生？」

「我選擇後者。」

「爲什麼？」我聽了非常驚訝。

「因爲做個平凡人也不容易；我希望獲得，但要知道滿足；我好逸惡勞，但要知道一分耕耘，一分收穫；我求取利益，但要知道利義之分；我希望平靜，但要不去擾亂別人；我愛好自由，但不干犯法紀；我事事爲家著想，但要明白『覆巢之下無完卵』的道理，這是平凡人最起碼的條件，聽來容易，做起來卻不簡單哪！」

如果工作了十年之後，能力毫無長進，
就算「勝任愉快」，又豈能稱得上成功？

勝任愉快

許多人認為，能夠找到「勝任愉快」的工作，是最理想的，其實不盡然。因為能夠使我們勝任的工作，常是我們既有的能力，便足以應付的，固然做起來輕鬆愉快，卻難使我們有大的長進；反倒是那些比我們能力稍來得超過的工作，使我們能「困而學之」、「勉而進之」，由不熟而熟，由不知而知，能有較大的突破。

所以當我們選擇工作的時候，一方面要使自己能「學以致用」，一方面更應該要求在工作時，能夠「用以致學」。如果工作了十年之後，能力毫無長進，就算「勝任愉快」，又豈能稱得上成功？

適時表現一下自己，是解除困頓，避免懷才不遇的最好方法。

表現

有一天到朋友家聊天，突然聽到悅耳的鳥叫聲，原來窗外養了一隻金絲雀。這時主人走過去，一邊餵鳥一邊對我說：「我因為太忙，以前養了三籠鳥都忘記餵而餓死了。只有這隻，養了兩年多，幾乎沒有一天忘記。」

「這是為什麼呢？」我問。

「因為以前養的都是十姐妹，牠們不太會叫，即使叫也不響亮。這隻金絲雀則總是唱著悅耳的歌，自然引起我的注意。」

人不也是如此嗎？適時表現一下自己，是解除困頓，避免懷才不遇的最好方法。

思想一雜亂，心情一緊張，感性就會變得遲鈍。

感性

我曾經學過現代舞。第一堂課的時候，舞蹈老師叫每個人坐下，並將雙手伸出，眼睛閉上，全身放鬆，保持寧靜。然後問大家是不是覺得有風在自己的指間穿過。

起初大家都沒有感覺，但是經過一段時間，心神寧靜之後，果然覺得有一縷縷的風，在指間穿梭。

「我感覺到了，但這屋裏並沒有風啊！大概是錯覺吧！」有人問。

「這不是錯覺，是眞實，因爲現在就有風，只是很微弱，小到一般人都感覺不出來罷了。」舞蹈老師說：「知道我爲什麼叫你們全身放鬆，眼睛閉上並保持寧靜嗎？因爲當你思想一雜亂，心情一緊張，感性就變得遲鈍。如果能靜下心，則能見平日所不能見，聽平日所不能聽，感平日所不能感，而這種敏銳的感性正是藝術家最需要的。」

每當我把錢借出去，總有既借出了錢，又借出了朋友的感覺。

借錢

某日我到一位教授家拜訪，正碰上他的一位朋友去還錢。那人走了之後，教授感歎地說：「失而復得的錢！失而復得的朋友！」

「失而復得的朋友？」我不懂。

教授笑笑：「我把錢借給朋友，從來不指望他們還。因爲我心想，如果他沒錢而不能還，一定不好意思再來，那麼我吃虧也只是一次；如果他有錢而想賴帳，一定不敢再來，那麼我等於花點錢，認清一個人。談到朋友借錢，只要數目不太大，我總會答應，因爲這是通財之義；至於借出之後，我從不催討，因爲這難免傷了和氣。也因此，每當我把錢借出去，總有既借出了錢，又借出了朋友的感覺。而每當不待我開口，他們就如約將錢還來，我則有失而復得了錢，且失而復得了朋友的快樂。」

睡眠是人間最平常的事，
真正不同的地方不是睡眠，而是醒時所做的一切啊！

書房與臥室

有位朋友最近訂了一幢新房，爲了室內的隔間，夫妻二人爭執不下。妻子主張臥室要大，書房小些無妨；丈夫則堅持書房要寬敞，臥室可以馬虎。於是請我去做調人。

我說：「你們只顧爭，何不說出自己的道理給對方聽聽呢？」

夫妻二人都很同意，於是妻子理直氣壯地講：

「人生於床上，死於床上，如果一天睡八個小時，總有三分之一的生命是在臥室度過的，所以臥室要大。」

丈夫則慢條斯理地說：

「有道理，人確實可能有三分之一的時間在臥室度過，那是因爲睡眠。但是只要床榻舒服，空氣流通，睡著了，又有誰感覺臥室的大小呢？同時睡眠是人間最平常的事，英雄、懦夫、聖賢愚劣都要睡眠，他們眞正不同的地方不是睡眠，而是醒時所做的一切啊！我是個文人，我希望有傑出的表現，而不願昏昏碌碌，晝寢夜眠過一輩子，所以臥室小些無妨，書房卻要講究。」

妻子攤攤手，聽了丈夫的。

發乎至誠的作品是真摯；強說愁的作品是造作；
客觀的論理常公正；主觀的論理常獨斷。

感人以情，服人以理

著名的女作家謝冰瑩對我說，有一次她在圖書館閱讀，書中內容勾起她對孩子的思念，於是提起筆寫下來。而且愈寫愈難壓抑思子的情懷，竟然淚如泉湧，就這樣一字一淚將作品完成，然後隨手裝入信封寄給報館。但是回到家她又後悔了，想自己那麼衝動之下的作品，一定十分肉麻，會引人笑話。未料作品發表之後，竟然收到許多讀者來信，表示深受感動。

◉

寫文章的人都有經驗，當情感洋溢的時候，常下筆萬言不能自已。但是心情冷靜之後，再看寫好的作品，又覺得當時太衝動。至於情感奔放時如果壓住不寫，等到後來再提筆，則可能已經失去了感覺。

如何把握情感，適時而發，適時而寫，實在是件難事。我認爲寫抒情文時，必須將感情充分發揮；作論說文，則當加以收束。因爲情感奔放時，能使我們將心中的一切，毫無阻礙地傾吐出來，文辭不見得華美，文法也不一定周到，卻能獲得最誠摯感人的作品。

至於寫論說文，如果一時衝動，只求暢快地發揮而忽略了細細的推敲，又容易失之偏頗。必須冷靜思考之後，才能寫出最佳的作品。

發乎至誠的作品是眞摯，強說愁的作品是造作；客觀的論理常公正，主觀的論理常獨斷。屬於至情的文章可以立即發表，關乎論理的文章，則應該再三省思之後才出手。

身經百戰的勇士，常死於飛來的流彈；
攀登絕巘的壯者，常傷於路邊的溝渠。

九彎十八拐

有一天我經過北宜公路，看見許多車子沿路撒冥紙，路邊的紙錢更是堆積盈寸，就好奇地問司機：「他們爲什麼一路丟冥紙呀？這邊又沒有墳墓。」

司機笑笑：「因爲北宜公路環山而築，有『九彎十八拐』，經常發生車禍，許多人認爲是冤魂野鬼作祟，經過這兒一定要撒紙錢祭鬼，以求平安。」

◉

這時車子正經過一處長達幾百公尺的平直道路，我卻發現路邊堆積的紙錢特別厚，甚至還插著成把的香，又好奇地問：「爲什麼這一段平直的路旁，反倒撒了幾倍於前面險處的紙錢呢？」

司機一邊小心地駕駛，一面回答說：「因爲這兒出的車禍特別多。」

「這裏又平又直，爲什麼反而容易出車禍呢？」

「就因爲它又平又直，許多駕駛人經過前面幾十公里的險路，到這兒心情太輕鬆，反而容易疏忽。更有許多人在前面險路不敢開快車，到這兒就猛踩油門，或者趁機超車，結果墜落山下。」

◉

身經百戰的勇士，常死於飛來的流彈；攀登絕巘的壯者，常傷於路邊的溝渠。這一時的疏忽，是多麼「要命」啊！

生原是走向死，死原為推動生。

永恆地存在

葉子綠了，又黃了；花開了，又落了；看到那許多枯葉殘花，依依不捨地告別枝頭，歎息一聲而歸於塵土，你會不會想；這去的都不再來了。

但是春去春回，花落花開，光禿的枝條又將抽出耀眼的新綠，寂寥的小徑又將鋪上如錦的繁花，往日的失去又都恢復了，看到這些，你還會感覺世界少了什麼嗎？

◉

正因爲殘花落葉的歸根，才能滋潤爲沃壤，含蓄爲力量；正因爲他們的凋零蕭索，才會有第二年春天的燦爛；正因爲老一輩安排之後的退隱，才會有新一代秩序的登場。在那千千萬萬的新芽上，在那如焰如火的蓓蕾上，在那些孩子的笑臉上，不正寫著逝者的名字嗎？

既然如此，你又何必爲葬花而落淚，爲掃葉而傷情，感時光之消逝，歎年華之老去呢？沒有舊的走，如何有新的來？生原是走向死，死原爲推動生。在這萬古不變、輪轉不止、消長更替的宇宙中，我們不會無限地生，卻能永恆地「存在」啊！

請千萬別錯過

劉墉最新勵志代表作

靠自己去成功

這本由台灣中華日報、北京青年報、馬來西亞星洲日報同步連載的勵志好書，透過三十篇書信體的短文，跟年輕朋友談睡眠、談鎮定、談自衛、談應變、談獨立、談戒慎、談死亡、談失敗、談自由、談恐懼、談焦慮、談時間、談自尊、談公德、談自然、談責任、談偶像、談服裝……

◉三十二開，二五六頁，穿線裝，特價二〇〇元。

成功不能靠別人，只能靠自己。
成功不能等著成功來敲
你的門，
而要「去」成功！

請看
劉墉繼《超越自己》、
《創造自己》、《肯定自己》之後
最新勵志代表作——

靠自己去成功

國家圖書館出版品預行編目資料

人就這麼一輩子／劉墉著 --初版.
--臺北市：超越, 2003〔民92〕
面； 公分

ISBN 957-98036-7-6（平裝）

855 91021559

人就這麼一輩子

作　者：劉　墉
發行人：劉　墉
出版者：超越出版社
地　址：臺北市忠孝東路四段三一一號八樓之六
郵政劃撥：一九二八二二八九號
電　話：（○二）二七七一七四七二
傳　真：（○二）二七四一五二六六
登記證：局版北市業字第壹陸壹零號
責任編輯：畢蘭馨
校　對：畢薇薇　黃美惠　何明鴻
總經銷：大地出版社
地　址：臺北市內湖區內湖路二段一○三巷一○四號
電　話：（○二）二六二七七七四九
印　刷：中原造像股份有限公司
地　址：臺北縣中和市建康路一三○號七樓之十一
定　價：定價二○○元・首版特價一四○元
出　版：二○○四年八月

ISBN:957-98036-7-6 Printed in Taiwan